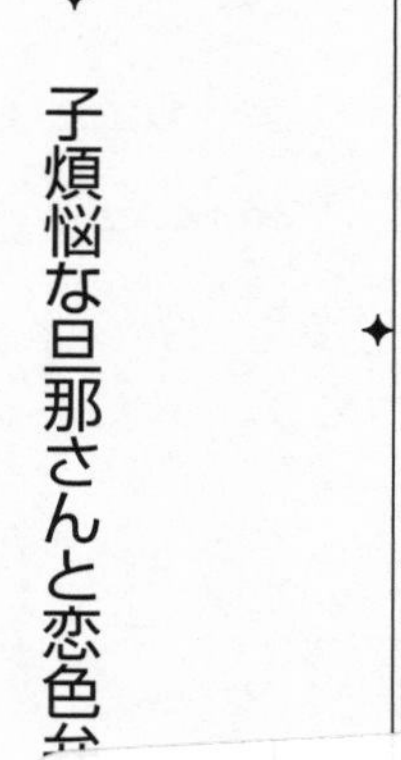

子煩悩な旦那さんと恋色弁当

CONTENTS ✦目次✦

子煩悩な旦那さんと恋色弁当

✦カバーデザイン＝久保宏夏(omochi design)
✦ブックデザイン＝まるか工房

イラスト・六芦かえで✦

子煩悩な旦那さんと恋色弁当

第一章

羽島充己が惣菜と弁当の店〈元気印〉を構える〈紅葉通り商店街〉は、新宿の高層ビル群を望む住宅街にある。

すぐそばに駅があるわけでもなく、アーケードもない。

全長三百メートルほどの、こぢんまりとした商店街だ。

けれど、古くからある商店街には、日々、近隣の住民たちが通い、いつも賑わっている。

二十五歳にして自らの店を持つという夢を叶えたのは、ほんの一週間まえのこと。

そう、〈元気印〉はオープンしてからまだ一週間しか経っていないのだ。

当初はキッチンカーで弁当を販売するつもりでいたが、〈紅葉通り商店街〉に格安の物件があり、移動店舗から固定店舗へと変更した。

キッチンカーにしようと考えたのは、初期費用が少なくてすむという理由からであり、移動販売にこだわりがあったわけではない。

さして変わらない費用で店舗を借りられるばかりか、ひとりでなら充分に暮らすことができる造りになっていたため、商店街で商売を始める決意を固めたのだ。

とはいえ、〈紅葉通り商店街〉はまったく知らなかったこともあり、手探り状態が続いている。

「もう少しコロッケを揚げておこうかな……」

白いTシャツとデニムパンツに胸当てつきのエプロンをした充己は、店で一番のウリにしているコロッケをフライヤーに投入していく。

とにかく商売がしたい思いが強く、大学を二年で中退し、資金を稼(かせ)ぎつつ料理の修業をするため居酒屋で働いた。

田舎(いなか)で小さな食堂を経営している両親は、商売の大変さを知っているから猛反対したけれど、最終的には充己の熱意に負けて認めてくれただけでなく、応援してくれている。

「うーん、いい匂(にお)い……」

こんがりと色づいていくコロッケを箸で返しながら、食欲をそそる匂いに頬を緩めた。

食べることが大好きで、いつしか自分でも作りたいと思うようになった。

食堂の調理場で朝から晩まで料理をする両親の姿に、大きく影響されたといえる。

だからこそ、〈元気印〉を成功させたい。

大学まで行かせてくれた親の反対を押し切って始めた商売だから、絶対に失敗はしたくないのだ。

「こんにちは」

「いらっしゃいま……」

元気よく声を張り上げた充己は、フードケースの向こうにいるのが菊乃井祥吾(きくのいしょうご)だとわかって照れ笑いを浮かべる。

「こんにちは」

「どう？　上手(うま)くいってる？」

「まだ、開店したばかりなのでなんとも……」

「それもそうだな」

馬鹿なことを訊(き)いてしまったのを恥じたように、祥吾が苦々しく笑う。

彼はまだ三十五歳ながら老舗(しにせ)の呉服店〈菊乃井〉の主人で、なかなかの男前だ。

均整の取れた長身で、いつも和服を上品に着こなしている。

商店街組合の青年部の部長を務めていて、充己が店を始めるにあたって最初に挨拶をした人物だった。

商店街組合のトップは組合長なのだが、もう高齢ということもあって祥吾が実質的には組合を取り仕切っているらしい。

店舗の改装が終わってから、彼に連れられて商店街の主要人物と挨拶をすませていて、面倒見がよいだけでなく気さくな性格であることもわかっている。

ただ、金銭的なことを鑑み、商店街組合への加入を躊躇(ためら)っていることもあり、祥吾と顔を

合わせた充己は勧誘されるのではないだろうかと身構えてしまう。

「惣菜と弁当だと、やっぱりこの時間は暇になってしまうのか？」

祥吾が商店街の通りに目を向ける。

店を始めたばかりだから、売れ行きを気にしてくれているのだろう。

人通りが多いのはやはり昼と夕方で、午後三時前後は人の姿もまばらだ。

「学校が終わった子供たちが寄ってくれるので、まあまあな感じです」

そう言っているそばから、制服を着た男子学生が二人、店の前で足を止める。

「いらっしゃいませ」

「コロッケ二つください」

「二つで百五十円です」

充己は薄い紙の袋に、コロッケをひとつずつ入れていく。

「ソースはどうしますか？」

「いいです。このままのほうが美味(うま)いから。なっ」

顔を見合わせて笑った男子学生に、コロッケ入りの紙袋を手渡す。

揚げ物の食べ方は人それぞれだ。

ソースでも醤油(しょうゆ)でもマヨネーズでも、好きなように食べればいいと思っている。

でも、コロッケとメンチカツに関しては、そのまま食べても美味(おい)しいように味をつけているから、本当はソースなしで味わってほしい。

だからこそ、男子学生の言葉が嬉しく、自然と顔が綻んだ。

「揚げたてで熱いから気をつけてくださいね」

「ここに置いときまーす」

「ありがとうございましたー」

元気な声で見送り、フードケースの上に置かれた代金をレジに入れる。

「ひとつ八十円じゃないのか？」

黙ってやり取りを見ていた祥吾が、不思議そうに眉根を寄せた。

「そうですけど、二つ以上はひとつ七十五円におまけしているんです」

「コロッケだけ？」

「いえ、ここに書いてあるんですけど、揚げ物はすべて二つ以上だとお安くなります」

充已はフードケースの上に置いた空き缶に立てかけてある手書きの値段表を、祥吾に見えるよう向きを変える。

「なるほど、トンカツが一番お得なんだな」

ひとしきり値段表を眺めた彼が、納得顔でうなずく。

もしかして、たくさん買ってくれるのだろうかと、ちょっと期待してしまう。

「トンカツは注文をいただいてから揚げているんです」

「そうなのか……じゃあ、夕飯のメニューが決まっていないときにでも、買いに来させるかな」

「よろしくお願いします」

祥吾の言い方に引っかかりを覚えつつも、充己は笑顔で頭を下げる。

彼は妻や子供がいてもおかしくない年齢だ。

食事の用意は妻に一任しているのかもしれない。

知り合ったばかりなのに無理に勧めるのは失礼だし、今日でなくてもトンカツを食べてみたいと思ってくれるだけでいいのだ。

「でも、ここにまた惣菜屋さんが入るとは思ってもいなかったから、羽島君がお店を開いてくれて嬉しいよ」

「そういえば、揚げ物をやっているお店って他にありませんね」

端正な顔に浮かぶ祥吾の微笑みにつられ、充己も自然と笑顔になる。

商店街で店を始めたばかりの新参者としては、いろいろな話を聞いてみたいところだ。

こぢんまりとした商店街とはいえ、食べ物を扱う店の数は多い。

始めようとしていたのは、揚げ物をメインに扱う惣菜と弁当の店だったから、さすがに商店街にどのような店があるのか下調べはしている。

充己が借りた店舗は、もともと古くからあった惣菜店で、店主が高齢のため店を閉めたという。

商店街には他に惣菜店が一軒もなく、破格の家賃とライバルになりそうな店がないことが借りる決め手になった。

新参者でも商売がしやすい環境だったことは間違いないが、商店街で揚げ物を扱う店が〈元気印〉だけというのは、なんとも不思議な気がしているのだ。

「商店街なら二、三軒あってもよさそうなのに、昔から一軒しかなかったんだよ。その貴重な一軒が閉めてしまったから、君が惣菜店を始めてくれてよかったと思ってる」

「本当ですか？」

充己はちょっと声を弾ませた。

新しい店が歓迎されるとはかぎらない。

たまたまライバル店がなかったこともあるだろうが、商店街組合に関わる祥吾に歓迎されているとわかれば嬉しいものだ。

「さっきの学生たちみたいに、子供が少ない小遣いで買って食べられるものがあるのが商店街の魅力なんだよ」

「近くにコンビニがあるのに、けっこう子供たちが寄ってくれるので最初はびっくりしました」

祥吾が気さくだから、とても話がしやすい。

ひとりで店を切り盛りしていると、接客しているとき以外は黙っているから、ちょっとした世間話が楽しかった。

「このあたりの子供たちは昔からそうなんだよ。遊びに行く前に、おでんひとつとか焼き鳥一本とかを食べるっていうのが、なんか楽しいんだと思う」

「子供たちがたくさん来てくれるようになったら嬉しいなぁ……」

「どんどん来ると思うよ。口コミは侮れないからな」

「もっと頑張らないと……」

祥吾の言葉を鵜呑(うの)みにして、調子に乗ってはいけないとわかっている。

それでも、〈紅葉通り商店街〉で生まれ育った彼の言葉だから、信じたくなってしまう。

店で扱う商品はどれも単価が安い。

いかに数をさばくかが鍵(かぎ)なのだ。

大勢の子供たちが店に立ち寄り、売上げに貢献してくれることを願うばかりだ。

「この商店街はウチみたいに何十年もやってる店が多くて、新しい店ができたのは久しぶりなんだ」

「廃(すた)れていく商店街が増えていっているのに、それって凄いことですよね？」

「二代目、三代目の店主が頑張っているからな。みんなが絶対にこの商店街を廃れさせたくないって思っているんだよ。もちろん、俺もだよ。だから、俺たちと一緒に商店街を盛り上げてほしいんだ」

真っ直ぐに向けてくる祥吾の眼差しが熱い。

彼は長らく続く〈紅葉通り商店街〉に、誇りと愛着を持っているのだ。

きっと、商店街には彼と同じように情熱を持った店主が多くいるのだろう。

活気がある商店街だということはわかっていたけれど、そこで商売を営む人々の努力のたまものなのだと思うと、まだ非力ながらも力になりたいと思う。

「はい。こちらこそよろしくお願いします」

「ありがとう、そう言ってもらえると嬉しいよ」

祥吾が満面の笑みを浮かべる。

なんて爽やかで格好いいのだろう。

情熱家なのだろうが、押しつけがましさや暑苦しさを少しも感じなかった。

「すみません、コロッケを四つと……あとエビフライも四つお願いします」

三十路とおぼしき女性が、充己に声をかけてきた。

「コロッケ、エビフライを四つずつですね。ありがとうございます」

祥吾と話をしている最中だが、ここは客が最優先だ。

「また寄らせてもらうよ」

「あっ、はい、どうも……」

笑顔で片手を軽く上げた祥吾に、充己は軽く会釈をした。

邪魔をしてはいけないと、彼は気を利かせてくれたのだろう。

彼は去り際も爽やかだった。

「お待たせしました、八百六十円になります」

紙袋に入れた揚げ物をフードケースの上に置き、代金を受け取る。

「ここのコロッケ、子供たちが好きなの」

「そうなんですか?」

「学校の帰りによく食べてるみたいで」

「ありがとうございます。またよろしくお願いします」

釣り銭を渡しつつ言葉を交わした充己は、笑顔で女性を見送った。

口コミで評判が広がるのは、子供同士のあいだにかぎらない。

〈元気印〉の惣菜を気に入ってくれた子供たちが、親に美味さを伝えてくれることもあるのだ。

「いらっしゃいませ」

ひと息つく間もなく、新たな客が店の前に立つ。

大学生らしき青年が、フードケースの上に置いてある弁当のメニューをじっと見つめる。

「えーっと、〈元気印弁当〉のおかずって、どれを選んでもいいんですか?」

「はい、このケースの中にあるのから、お好きなのを三つ選んでください」

充己が説明すると、彼はメニューからフードケースへと視線を移した。

弁当は五種類あり、一番のお薦めが〈元気印弁当〉だ。

コロッケ、メンチカツなどの揚げ物や、その日に作った惣菜の中からおかずとして三種類を選んでもらう。

付け合わせはマカロニサラダと漬物で、値段はギリギリまで抑えて四百五十円。

「じゃあ、唐揚げとコロッケ、それと……煮卵で」

「はい、唐揚げ、コロッケ、煮卵ですね」

「ご飯の大盛りってできます？」

「大盛りは五十円プラスになります」

「大盛りでお願いします」

「少々、お待ちください」

注文を受けた充己は、さっそく弁当を詰め始める。

弁当を詰める容器は、仕切りもなにもない薄めのプラスティック製だ。

おかずとご飯を入れる容器を分けているため、二つになってしまう。

仕切りのある容器のほうが、見栄えがいいのはわかっているけれど、こだわっているのは味と値段なのだ。

弁当を詰め終え、二段重ねにした容器に割り箸を添えてレジ袋に入れる。

揚げ物をひとつ二つなら紙袋のまま渡すこともあるが、弁当や惣菜を剝き出しで持ち帰ってもらうのは気が引けるから、レジ袋は無料で提供していた。

「お待たせしました。五百円になります」

「じゃ、これで」

「ありがとうございました」

弁当を渡して五百円硬貨を受け取り、青年を笑顔で見送る。

「ああ、もうこんな時間か……」

ふと気がつけば、商店街を行き交う人が少し増えていた。

これからが稼ぎ時となる。

「唐揚げを揚げておかないと……」

充己は冷蔵庫から、昼に味付けをしておいた唐揚げ用の鶏肉を取り出す。

「そういえば、組合のことなにも言わなかったなぁ……」

唐揚げの準備をしている途中で、祥吾のことを思い出した。

商店街で商売を始めたからには、組合に加入してほしいと思っているはずだ。

それでも、ひと言も口にしなかったのは、彼なりの気遣いだろうか。

加入を勧められたらどうしようと身構えてしまったのが、いまとなっては恥ずかしい。

そもそも、会費を払うことを負担に感じていただけで、組合に属するのが嫌なわけではないし、いつかは加入したいと思っている。

「どうしようかなぁ……」

まだ店を始めたばかりで、一日の売上げが安定していない。

だから、営業に必要な仕入れ代はもとより、生活費、光熱費など確実に出て行く費用を売上げから捻出するのが今は難しい状態だ。

働いて貯めた開店費用は、居抜きの状態で店舗を借りることができたため、改装費は予算よりはるかに少ない金額ですみ、ある程度まとまった額が残っている。

しばらくは貯金を切り崩しながらの日々が続くことを考えると、年間十万円近い会費を捻出するのはかなり難しい。

「あとでもう一度、計算してみようかな……」

祥吾と話をしたことで、商店街の一員として一緒に盛り上げていきたくなった充己は、組合への加入を前向きに考えていた。

第二章

商店街は昼の賑わいが一段落し、ひと息ついた充己は夕方に向けての準備を始めていた。

「今日はお弁当がよく出たなぁ……」

フードケースに並べている惣菜の減り具合を見て、ひとり満足そうに笑う。

店を始めて半月ほどが過ぎ、少しずつではあるがリピーターも増えてきた。

安くて美味いを売り文句にした〈元気印弁当〉は、店で一番人気のコロッケを抜きそうな勢いだ。

とはいえ、弁当が売れるのは昼の時間帯であり、夕方は惣菜がメインとなる。

「まずはコロッケとメンチを少し揚げて……」

売れ筋の二種類が数えるほどしかなく、夕方まで持ちそうにない。

夕方までまったく客が来ないわけではないから、フードケースをスカスカの状態にはしておけない。

「天気もいいし、十個ずつでいいかな」

天候によって人の出が左右されるから、予測を見誤るとたくさん売れ残ってしまう。

時間帯によって、どれくらいの数を用意しておくかという見極めが難しいのだ。

コロッケとメンチカツをフライヤーに入れた充己は、揚がり具合を確かめつつ商店街を行き交う人に目を向ける。

商売をしながら半月ほど商店街を眺めていたら、道行く人の顔ぶれがあまり変わらないことに気づいた。

惣菜や弁当を買っていってくれる客の顔はもちろんのこと、店の前を通り過ぎるだけの人の顔も覚え、いつか足を止めてくれるといいなと思って眺めている。

「可愛い……幼稚園の帰りかな？」

制服を着た五歳くらいの男児と若い女性が、手を繋いで仲良く歩いていた。

こんなに若い親子は、初めて目にしたような気がする。

幼稚園に迎えに行った帰りに、親子で散歩がてら商店街に寄ったのだろうか。

ときおり笑って顔を見合わせる二人が、なんとも微笑ましい。

「あっ……」

しげしげと眺めていたら、男児と目が合ってしまった。

「こんにちはー」

男児が無邪気に手を振ってくる。

充己は反射的に手を振り返す。

「あれ、美味しそー」

フードケースを指さした男児が、店の前まで母親を引っ張ってきた。

男児と一緒になって、母親もわずかに身を屈めてフードケースの中を覗き込む。

「こんにちは。今なら揚げたてのコロッケとメンチがありますよ」

「揚げたて？」

充己のひと言にそそられたように、身体を起こした母親が充己を見てくる。

二十代半ばくらいだろうか。

花柄の長袖シャツにスリムな黒いパンツを合わせ、黒髪を後ろでひとつにまとめていた。

ぱっちりとした瞳が印象的な、可愛らしい顔をしている。

母親に似て男児も目が大きく、とても愛らしい顔立ちをしていた。

「今、揚げているところなんです」

「じゃあ、コロッケとメンチを五個ずつください」

「コロッケ、メンチを五個ずつですね。すぐに揚がりますから、少々お待ちください」

量の多さに驚きながらも、揚げているコロッケとメンチを箸で返していく。

子供が三人いるようにはとても見えないから、二世帯で暮らしているということか。

幼い子供がいる大人数の食卓は、さぞかし賑やかなことだろう。

「からあげ美味しそーだねー、食べたーい」

「そんなに食べられないでしょ」

「いま食べたいのー」

母親に諭されても、男児はフードケースに張り付いて離れない。

指を咥えている男児を目にしたら、充己はいても立ってもいられなくなった。

「よかったら味見をしていってください」

唐揚げを入れた紙袋を、男児と母親に差し出す。

「えっ？　いいんですか？」

「たくさん買ってくださったので、おまけです」

「すみません、ありがとうございます」

にこやかに礼を言った母親が、男児の背中をポンポンと軽く叩く。

「ありがとうでーす」

男児がニコニコ顔でペコッと頭を下げた。

「いただきましょう」

母親と男児が、紙袋に入っている唐揚げに齧りつく。

顔を見合わせて食べる二人は、とても楽しそうだ。

「美味しいねー」

「ホント、とっても美味しいわ」

二人の満足そうな声に、揚がったコロッケとメンチを油切り用のバットに移していた充己はにんまりとする。

持ち帰りが基本の店だから、その場で味についての感想を耳にすることがない。

やはり、美味しそうに食べているところを間近に見て、直に感想が聞けるのは嬉しいものだ。

「お待たせしました。八百二十五円になります」

「あら、ずいぶん安いのね？」

「二つ以上、お買い求めいただくと値引きになりますので」

「そうなのね。なんか嬉しい」

なるほどと微笑んだ母親に釣り銭を渡し、品物を入れたレジ袋を差し出す。

「はい、どうぞ」

「今度は唐揚げを買いに来るわね」

「ありがとうございます。よろしくお願いします」

バイバイと手を振る男児を、充己は笑顔で見送る。

彼らが二度、三度と、店に足を運んでくれるように願うばかりだ。

「あっ、純一さん……」

バイクに乗って走ってくる仲村純一に気づき、声をかけようとしたがふと口を噤んだ。

急にバイクを止めたかと思うと、若い親子と立ち話を始めたのだ。

「知り合いなのかな？」

話をしているのにわざわざ声をかけるのも躊躇われ、充己は揚げたてのコロッケとメンチカツをフードケースのバットに移し始めた。

「よう」

声をかけられて顔を上げると、店の前で止めたバイクから降りた純一が、ヘルメットを脱ぎながら歩み寄ってきた。

「こんにちは。出前の帰りですか？」

「そっ」

純一がニッと笑う。

彼は商店街にある代々続く蕎麦(そば)屋の跡継ぎで、商店街組合の青年部の副部長だ。

長袖のシャツに、ダボダボのデニムパンツを合わせた彼は体格がよく、短く刈った黒髪が精悍(せいかん)な顔立ちを引き立てている。

二十八歳の彼とは年齢が近いこともあり、初対面のときから意気投合した。

商店街で商売を始めて、一番最初に親しくなったのが彼なのだ。

「そういえば、さっきの親子と知り合いなんですか？」

「ああ、あの二人なら菊乃井さんとこの鈴美(すずみ)さんと蒼吾(そうご)君だよ。鈴美さんは幼稚園の先生で、蒼吾君はそこに通ってるんだ」

「へえー、そうだったんですね」

祥吾の妻と息子ということか。

(菊乃井さんがお父さんなのかぁ……)

あんな格好いい男性が父親なんて、さぞかし子供は自慢だろう。

それに、老舗呉服店の主人で美男の夫、それに可愛い妻と子供なんて、まるで絵に描いたような幸せ家族だ。

「ねえねえ、このコロッケって揚げたて?」

純一がフードケースのガラスとツンツンと突く。

「ええ、今揚げたばかりです」

「じゃ、ひとつもらおうかな」

純一が百円玉をフードケースの上に置いた。

「はい」

充己はコロッケを入れた紙袋と釣り銭を純一に渡す。

「アチチ……」

「気をつけてくださいね」

ハフハフ言いながら食べる純一を見て笑う。

自分が作ったコロッケを、美味しそうに食べてくれる。

それを見ているだけで、幸せを感じられた。

商店街を訪れるたくさんの人に、自分が作った料理を食べてほしい。

売上げを伸ばすことも大事だけれど、美味しい料理を作ることのほうがもっと大事だ。

自分の店を持てたことで満足していてはいけない。

精進し続けなければと、改めて自らに言い聞かせる。

「ああ、美味かった。これよろしく」

純一がクシャッと握りつぶした紙袋を手渡してくる。

「こんなところで油を売っていていいんですか？」

紙袋をゴミ箱に捨てた充己は、バイクに戻る気配がない純一に冗談めかす。

「大丈夫、大丈夫」

純一はあっけらかんと笑った。

現在の店主である彼の父親はまだ五十代でバリバリの現役で、後を継ぐのはいつになることやらとよく冗談めかしている。

とはいえ、純一は長らく続く蕎麦屋に誇りを持っていて、出前をしながらも蕎麦について熱心に学び、新メニューの開発にも余念がなかった。

「そうそう、次の特売日に参加してみないか？」

ふと思い出したように言った純一を、充己は困り顔で見返す。

〈紅葉通り商店街〉では、月に二回、〈ウキウキデー〉と銘打った特売日を設けている。組合に加入していると、チラシに広告を載せてもらえるのだ。

折り込みや投げ込みのチラシを作る余裕などないから、スペースは小さいながらも店の宣伝ができるのはありがたい。

〈元気印〉を開店して間もないころに特売日があり、いつにない商店街の賑わいを目の当たりにした。

宣伝に役立つだけではなく、チラシを持参した客にだけ格安で商品を提供する店も多くあり、割引券の代わりになっている。

商店街を行き交う人たちはみなチラシを手にしていて、あちらの店、こちらの店と買い物をして回るのだ。

「ちっちゃな商店街だけどさ、やっぱり月に二度しかない商店街企画の特売日ともなれば売上げが大きく違ってくるんだぜ」

純一の言葉に心が揺らぐ。

組合への加入を前向きに考え始めたけれど、今は無理そうだと諦めたところだから、迷いに迷ってしまう。

「組合費を出すのが厳しいのか？」

「加入したいとは思っているんですけど、まだちょっと無理かなって……」

充己は申し訳なさそうに肩をすくめる。

「それなら、羽島君とこは出店したばかりだから、今回だけチラシに掲載してもらえるように交渉してみるよ」

「えっ？」

「どれくらいチラシの効果があるかがわかれば、ちょっと頑張ってみるかってなるかもしれないだろう？」

「ありがとうございます」

親身になってくれる純一には、感謝の気持ちしかない。

縁もゆかりもない商店街で店を始めた新参者なのに、祥吾にしろ純一にしろ、親切で優しくて泣けてくる。

「じゃ、またあとで連絡するよ」

「はい、よろしくお願いします」

充己は頭を下げ、バイクに乗って帰る純一を見送る。

「特売日かぁ……」

チラシの効果がどれほどのものなのか、まったく想像がつかない。

ただ、前回の特売日でチラシに掲載されていないばかりか、名前すら浸透していない〈元気印〉は、ほとんどの人に見向きもされなかった。

少しでも売上げを伸ばそうと頑張って声をあげても、人々は店の前を通り過ぎていくばかりで、悲しい思いをしたものだ。

「やっぱり加入しようかなぁ……」

会費と売上げを天秤（てんびん）にかける充己は、商店街の通りを眺めながらしばし思い悩んでいた。

＊＊＊＊

店を閉めた充己は布の手提げ袋を持って、銭湯に向かっていた。

借りている店舗の二階に六畳間があるのでそこで生活しているのだが、ひとつだけ不便なことがあった。

かつての店主は店舗とは別に自宅があったため、風呂がついていないのだ。

ただ、不便だと思ったのは最初の三日くらいで、いまでは銭湯に通うのが当たり前になっている。

商店街の一角にある〈春日（かすが）の湯〉は、高い煙突を擁する昔ながらの大きな銭湯で、店から数分とかからないのだ。

毎日、通ったところで、月に一万五千円くらいだから、風呂付きの物件を別に借りるよりは断然、安く上がった。

それに、広々とした湯船に浸かれるのが銭湯の醍醐味であり、いまでは仕事終わりに通うのが楽しみになっている。

「あー、お兄ちゃんだー」

男湯の脱衣所に入るなり、長袖のパジャマを着た男の子が駆け寄ってきた。

「ああ、昼間の……」

母親と店に立ち寄ってくれた幼稚園児だと気づき、充己はその場にしゃがみ込んで男児と向き合う。

「こんばんは。えーっと、そうご君だっけ？」

「どーして、名前、知ってるのー？」

蒼吾が大きな瞳をさらに瞠り、不思議そうに見返してくる。

「お蕎麦屋のお兄さんに教えてもらったんだよ」

「純一お兄ちゃん？」

「そうだよ」

「そっかー」

屈託のない笑みを浮かべる蒼吾を見て、自然に顔が綻んだ。

「こんばんは」

「こんばんは。菊乃井さん、どうして銭湯に？」

声をかけてきた祥吾を、しゃがんだまま見上げる。

着物を纏った姿は相変わらずの格好よさだ。

濡れた黒髪が、色男ぶりを上げていた。

「銭湯が好きだから、たまに来るんだよ。君も銭湯好きなのか？」

「いえ、店にお風呂がないので……」

小さく首を振って立ち上がった充己は、照れくさそうに肩をすくめる。

「ああ、あそこに住んでるのか」

「ええ。僕ひとりなので、部屋があるなら住んだほうが安上がりになると思って」

祥吾と向き合って話をしている充己の手を、蒼吾が無邪気に握ってきた。

一瞬、父親の手と間違えたのかなと思ったけれど、どうやらそうではないらしい。

真っ直ぐに見上げてくる蒼吾は、握った手を笑いながら前後に振っていた。

子供と接する機会がないまままきたけれど、懐かれると可愛いものだ。

視線は祥吾に向けたまま、充己は蒼吾に手を握らせたままにしていた。

「確かにそうだけど、毎日、銭湯に通うのは大変だな」

「そんなことありませんよ。広くてゆっくりできるから疲れが吹き飛びます」

大きく首を横に振り、満面に笑みを浮かべる。

しかたなく銭湯に通い始めたのは間違いない。

途中で嫌になったらどうしようという不安も最初はあった。

でも、いまは銭湯が大好きだ。

〈春日の湯〉が休みの日に、少し遠い銭湯まで行くのすら苦にならなかった。

「パパー、コロッケ、美味しかったよねー」

手を繋いでいることにそろそろ飽きてきたのか、大きな声で割って入ってきた蒼吾が充己の手をパッと離した。

「ああ、美味かったな」

「次はからあげにしよーねー」

「蒼吾は唐揚げがいいのか？　パパはトンカツだな」

大きく頭を反らして見上げてくる蒼吾を、祥吾が優しく見つめる。

息子が可愛くてしかたがないのだろう。

「気に入っていただけてよかったです」

「ホントに美味かったよ」

「ありがとうございます」

視線を戻してきた祥吾に、礼を言って頭を下げた。

美味しいと言われるだけで胸が弾む。何度でも聞きたい最高の褒め言葉だ。

「パパー、牛乳、飲むー」

「ああ、わかった。じゃ、また」

蒼吾に手を引っ張られた祥吾が、申し訳なさそうに笑う。

「失礼します」

彼らと別れた充己は、空の脱衣籠(かご)を足下に置いて服を脱いでいく。

手提げ袋には必要最低限のものが入っている。

タオル、石けん、替えの下着、それと財布にスマホと店の鍵(かぎ)だ。

脱いだ服を入れた籠と、タオルと石けんを取り出した手提げ袋をロッカーに入れ、鍵をかけて浴場に向かう。

「楽しそう……」

ちらりと振り返ると、祥吾と蒼吾がベンチに座って牛乳を飲んでいた。

ちょっと眺めていたいほのぼのとした光景だったが、裸で立っているわけにもいかずガラス戸を開けて浴場に入り、まずは掛け湯をする。

簡単に身体を洗い流したところで湯船に向かい、どっぷりと肩まで浸かった。

「はぁ、気持ちいい……」

思わず声がもれる。

最初は熱いと思った湯も、とうに慣れてしまった。

しばらく肩まで浸かったところで、胸まで出して湯船の縁に両の腕を預ける。

「まだ、いる……」

少し曇ったガラス越しに、祥吾と蒼吾が見えた。

なにやら笑いながら話をしている。

父親の顔をしている祥吾もまた、とても素敵に見えた。

「なんか癒やされるー」

仲のいい親子を見ているだけで心が安らぎ、仕事の疲れを忘れていく。

「明日も頑張ろうっと」

商店街に馴染(なじ)んでいくほどに、〈元気印〉を根付かせたいという思いが強まり、やる気が満ちあふれてきた。

「菊乃井さんや純一さんのおかげだよなぁ……」

まったく知らなかった商店街で、商売の経験もない余所者(よそもの)が店を始めるなんて、無謀としかいいようがない。

それでも、なんとかやってこられたのは、祥吾や純一が気さくに接してくれたからだ。

親切にしてくれる彼らのために、店を繁盛させたい。

商店街の一員として一緒に盛り上げていきたい。
祥吾と蒼吾を眺める充己は、改めて決意を固めていた。

第三章

開店時間前に純一から呼び出しがかかり、充己は商店街にある組合の集会所を訪ねた。

「失礼します」

軽くノックしてドアを開けると、部屋の中央に細長い机が置かれていて、長袖のシャツにデニムパンツを合わせた純一と、和服姿の祥吾が並んで椅子(いす)に腰掛けていた。

「早い時間に悪かったね」

「いえ、とんでもない」

純一に手招きされて部屋に入った充己は、彼らの向かい側に腰を下ろす。

「店のほうは大丈夫？」

「ええ」

心配してくれた祥吾に、笑顔でうなずき返した。

「さっそくだけど、この前、話した特売日のチラシの件、組合長が承諾してくれたよ」

「ホントですか？」

「はじめは渋い顔してたんだけど、菊乃井の旦那(だんな)が説き伏せてくれた」

純一が隣の祥吾をちらっと見やる。

「ありがとうございました」

感激した充己が礼を言うと、祥吾はたいしたことではないとでも言いたげに和らいだ笑みを浮かべた。

「で、これがチラシ用の原稿用紙。この枠内に好きなことを書いてかまわない」

「自分で書くんですか？」

手渡された紙を見て戸惑う。

Ａ４サイズの厚紙に、はがき大の枠が薄い水色で印刷されていた。

「そう、手書きだよ。これ、参考になればと思って前のチラシを持ってきた」

「なにからなにまで、すみません……」

充己は恐縮気味にチラシが入ったクリアファイルを受け取る。

まさか自分で書くとは思わなかった。

綺麗（きれい）な字とは言い難いし、絵心があるわけでもない。

店に掲げているメニュー表も、本当なら誰かに頼みたいくらいだ。

それでも、組合長の許可を得られるように尽力してくれた彼らのためにも、気合いを入れて書くしかない。

「それと、どこの店もチラシ持参サービスっていうのをやってるけど、無理してやる必要はないから」

「はい」

「なにか聞きたいことあるかな？」

純一から質問はないかと言われ、充己はふと祥吾に目を向ける。

「あの……菊乃井さんのお店もチラシ持参サービスをやってるんですか？」

「ウチは着物の貸し出しをやってる。着付けまでして、一時間無料」

「えー、すごーい」

こともなげに答えた祥吾を、驚きに目を瞠って見返した。

さすが、老舗の呉服店というしかない。

けれど、地元の人たちで賑わう商店街だから、そうしたサービスは喜ばれるのかどうかは甚だ疑問だ。

「チラシの他にSNSでも発信してるから、わざわざ遠くから来てくれる人もいるんだ」

まるで思いを察したかのような祥吾の説明に、充己はただただ納得する。

和服を着るのはあたりまえだった昔とは異なり、呉服店が生き残るのは大変なはず。

主人である彼は商店街を盛り上げるためだけでなく、店を存続させるために手を尽くしているのだろう。

「ちなみに、ウチはチラシ持参で天ざるが半額なんだぜ」

机に身を乗り出した純一が、得意げな顔をする。

「半額なんですか？　僕も食べに行きたいけど、お店を空けるわけにいかないし……」

「俺が出前してやるよ」

「嬉しいー、お願いします」

充己は嬉しさのあまり破顔した。

ひとりで店を切り盛りしていると、自由になるのは閉店後と定休日くらいだ。

でも、蕎麦屋と定休日が重なっているうえに、商店街ではどこも同じ時刻に店を閉めてしまうから、食べに行きたくてもいけなかった。

出前を取るなんて考えてもみなかったから、純一の言葉が本当に有り難い。

「ウチみたいな単価が安い店はどうしたらいいんでしょうか？」

はじめてのことで勝手がわからないから、祥吾と純一に救いを求めた。

気前よくしすぎて赤字になっては意味がない。

だからといって、しょぼいサービスでは客を集めるのは難しいだろう。

「煎餅(せんべい)屋さんは十枚買ったら一枚おまけ、和菓子屋さんは団子三本で二百円っていうのが定番だな」

「そうなんですね」

純一になるほどとうなずき返す。

商品単価的に似たような商売だから、参考にできそうだ。

「べつに大盤振る舞いする必要はないんだ。買い物をしたお客さんが喜んでくれて、また商店街に来たいって思うようになるサービスであればそれでいい」

「はい」

無理をするなと笑った祥吾を、神妙な面持ち（おもも）で見つめた。

商店街は客が足を運んでくれなくては、そのうち廃れてしまう。

特売日は商店街と客のためにあるということだ。

「原稿の締め切りは明後日（あさって）でよろしく」

「そっか、あんまり時間がないんだ……」

「それと、実際のスペースは名刺くらいだから、あんまり書き込むと縮小したときに読めなくなるから気をつけて」

「はい」

純一から注意を受けた充己は、改めて原稿用紙を眺める。

印刷された際には、四分の一くらいになってしまうようだ。

そんな小さなスペースに、なにを書けばいいのだろうか。

時間が少ないから、よけいに悩んでしまう。

「じゃ、俺、仕込みがあるからこれで」

立ち上がった純一が、慌ただしく部屋を出て行く。

「ありがとうございました」

蕎麦屋は朝が早いと聞いている。

自分のために貴重な時間を割いてくれたのだと思うと、純一には感謝の気持ちしかない。

「俺たちもそろそろ出るか」

「ええ」

祥吾に促され、一緒に集会所を出る。

商店街に人の姿はほとんどない。

多くは午前十時に店を開けるのだが、商店街が活気づくのは午前十一時くらいからだ。

「長閑(のどか)でいい商店街ですよね？」

祥吾と並んで歩く充己は、感慨深げにつぶやいた。

すぐそこに高層ビル群が見えるのに、ここは瓦(かわら)屋根が並んでいる。

まるで別の世界にいるかのようだ。

「そうだな。有り難いことにここは昔も今もあまり変わらないんだ」

「僕は地方都市の生まれで、こういう商店街を知らなかったから、なんか不思議な感じがします」

「地方にも商店街くらいあるだろう？」

祥吾が解せない顔で見返してきた。

ここで生まれ育った彼は、地方都市をよく知らないのかもしれない。

「ありますけど、駅前からドーンッて広がる大きな商店街で、アーケードがあるから空も見えなくて、いつもわちゃわちゃしているからのんびり買い物をする雰囲気ではないですね」

「そうなのかぁ……でも、ここを気に入ってくれて嬉しいよ」

ため息交じりに言った彼が、気を取り直したかのように表情を一変させた。

彼にとって〈紅葉通り商店街〉は、自慢の商店街なのだろう。

本当に嬉しそうな顔をしていた。

「最初はキッチンカーでお弁当屋さんをやろうと思っていたんですけど、この商店街にお店を出してよかったです」

「キッチンカーって、移動販売車のことだよな?」

「そうです。大学に通っているときにキッチンカーを見て、自分でもあれをやってみたいと思ったんです」

「それなのに店を構えたのかい?」

ふと足を止めた祥吾が、理解しがたいと言いたげに首を傾げる。

彼の気持ちは理解できる。

キッチンカーは資金が用意できれば、若者でも始められる商売。

いっぽう、店を構えて商売を始めるのは資金的なリスクも大きく容易くないからだ。

「貯金をするために働いていた居酒屋のお客さんが、破格の物件があるって教えてくれたのがきっかけです」

「それがいまの店？」

「はい。初期費用がキッチンカーを始めるのと同じくらいだし、お店に住めるし、居抜きで改装費もあまりかからないしで、いいことずくめだったから決めました」

充己はありのままを話して聞かせたのだが、なぜか祥吾は表情を険しくした。

「なんか意外だな」

「えっ？」

「もっと大きな夢があって今の店を始めたのかと思ってたよ」

そう言った彼が、大きなため息をもらす。

どうやら、話を聞いてがっかりしてしまったようだ。

夢に胸を膨らませた若い店主だと思った彼は、力を貸すべくあれこれ親身になってくれていたのかもしれない。

残念そうな彼の顔を見たら、なんだか申し訳なくなってきた。

彼の期待を裏切ってはいけないと、そんな思いに駆られる。

「確かに最初はキッチンカーを見て、自分でも商売をしたくなっただけですけど、今は明確な夢ができました」

「そうなのかい？」

「お客さんが喜んでくれるのが嬉しくて、もっと美味しいものを作りたくて、もっとたくさんの人に美味しいって言ってもらいたくて……だから、いつでも店の前にお客さんがいるような、〈紅葉通り商店街〉で一番の繁盛店にするのが夢です」

今の自分の気持ちを正直に言葉にした充己は、真摯な瞳で彼を見つめた。

商売を始めたかっただけのあのころの自分は、もうここにはいない。

実際に〈紅葉通り商店街〉に店を構え、店主たちや商店街を訪れる人々と触れ合ったことで考えは大きく変わったのだ。

「また大きく出たな」

「すみません、ちょっと言い過ぎました」

祥吾に呆れたように笑われ、充己は小さく肩をすくめた。

一番になりたい思いはあるけれど、新参者なのだから少し生意気だったかもしれない。

謙虚な気持ちを忘れてはいけないのだ。

「いやいや、俺はそれくらいの意気込みがあったほうがいいと思うぞ」

楽しげに笑って肩をポンと叩いてきた祥吾が、再び歩き出す。

本気で呆れたわけではないとわかり、嬉しくなった充己はのんびりとした足取りの彼に並んで歩く。

しばらく足を進めると、前方から香ばしい匂いが漂ってきた。

「菊乃井の旦那、今日も色男だねぇ」

店先で煎餅を焼いている店主から声をかけられ、祥吾とともに歩み寄る。

「親父(おやじ)さんも元気そうでなにより」

「えーっと、一緒にいるのは弁当屋のお兄ちゃんだっけ?」

「そう、〈元気印〉の若店主、羽島君ですよ」

祥吾に紹介された充己が頭を下げると、煎餅屋の店主が紙に挟んだ煎餅を差し出してきた。

「ほれ、焼きたてだから食べていきな」

「ありがとうございます」

充己は礼を言って受け取る。

醤油が染みた煎餅が、なんともたまらない香りを放っていた。

「ほれ、旦那も」

「すみませんね」

煎餅屋の店主から勧められた煎餅を、祥吾が笑いながら摘まみ取る。

彼と顔を見合わせ、同時に煎餅を齧る。

焼きたての煎餅を食べるのは初めてだ。

熱々なのに、カリッとしている。

なにより、焼きたては抜群に香ばしい。

「昨日さ、ウチのかみさんがお兄ちゃんとこのコロッケを買ってきたんだけど、美味くて二個もペロッと食べちゃったよ」

「ホントですか?」

煎餅屋の主人の話に、充己はパッと目を瞠る。

「あんまりにも美味いから、他のを食ってみたいって言ったら、かみさんが今日は唐揚げを買いに行くってさ。夕方、かみさんが寄ると思うからよろしくな」

「はい」

元気よく返事をした充己は食べかけの煎餅を持ったまま、再び祥吾と並んで歩き始めた。

煎餅を食べているから、どちらも無言だ。

だからといって、妙な空気が流れるでもない。

大の大人が煎餅を食べながら商店街を歩いているのに、少しも恥ずかしさを感じないどころか楽しくてしかたない。

自分ひとりだったら周りの目を気にして食べ歩きなどせず、煎餅を持ち帰っていたことだろう。

それが、なぜか祥吾と一緒だと、自然体でいられる。

きっと、一緒にいるのが悪びれたふうもない祥吾で、歩いているのが長閑な〈紅葉通り商店街〉だから味わえる感覚なのだろう。

「唐揚げといえば、蒼吾がチョー美味いって言ってたな」

ようやく煎餅を食べ終えた祥吾が、そんなことを言いながら醤油のついた紙を軽くたたんで袂に入れる。

彼と早く話がしたくなった充己は、急いで残りの煎餅を頬張る。

「菊乃井さんも今度、食べてみてください」

「唐揚げも惹かれるが、まずはトンカツだな。がっつり肉を食いたい派なんだ」

「そういえば、前にも言ってましたね」

子供のように目を輝かせている祥吾の意外な発言に、充己は思わず頬を緩めた。

和服を優雅に着こなす彼は、およそ肉食系には見えないのだ。

「だから鈴美にトンカツを買ってくるよう頼んでおいた」

「今日ですか？」

「ああ、夕方くらいに行くと思う」

「はい」

勝手に声が弾んだ。

祥吾がまた自分が作った料理を食べてくれる。

コロッケとメンチカツの感想は聞けていないけれど、美味しくなかったのであれば次はないはずだ。

肉が好きだという彼のために、気合いを入れてトンカツを揚げよう。

「ああ、もうこんな時間か……」

祥吾が〈元気印〉の前で足を止めた。

なぜか、急に別れがたい思いに囚われる。

もっと話がしたいけれど、自分だけでなく彼にも仕事があるのだ。

「あの……」

「うん？」

祥吾が軽く首を傾げた。

些細（ささい）な仕草すら格好よく、真っ直ぐに見つめられてドキッとする。

「チラシのこと、ありがとうございました」

充己は改めて礼を言い、感謝の意を込めて深く頭を下げた。

あまりにも馬鹿丁寧なお辞儀に、祥吾が小さく笑う。

「いま〈紅葉通り商店街〉は世代交代の時期に差し掛かっているんだ。だから、若い店主たちと一緒に羽島君にも商店街を盛り上げてほしいと思ってる」

「はい、僕も協力したい思いがありますので頑張ります」

「頼もしいな。じゃあ」

穏やかな笑みを浮かべた祥吾が、軽く片手を上げてその場をあとにした。

「期待してくれてるのかなぁ……」

遠ざかっていく彼の姿を、しばし見つめる。

祥吾の期待に応えたい。

彼と一緒になにかを成し遂げたい。

そんな思いが込み上げてくる。

「さあ、今日も頑張ろう！」

気合いを入れた充己は、開店準備をするため店に入っていった。

充己が初めて参加する〈紅葉通り商店街〉の特売日〈ウキウキデー〉当日は、朝から気合いが入りまくりだ。

オープン記念と称するには少しばかり遅いけれど、せっかくだからとチラシの広告にドンと載せた。

チラシ持参のサービスとして、購入のおまけにコロッケを一個つけることにした。

たとえコロッケ一個の購入でも、コロッケ一個をおまけする。

よそに比べたら些細なサービスかもしれないが、少額商品ばかりを扱う〈元気印〉にとっては大奮発なのだ。

特売日とあってか、商店街は午前中から賑わいをみせていた。

チラシが功を奏したようで、充己の店にもひっきりなしに客が訪れてくる。

コロッケ一個のサービスのために、揚げ物をひとつ買っていく客は少なく、みな複数個、購入してくれた。

念のため多めに用意した揚げ物は、昼前にはほぼ捌(さば)けてしまい、接客をしながら追加で揚げ続けるという忙しさだ。

前日に祥吾と純一から、特売日は弁当の販売をやめて揚げ物をメインにしたほうがいいとアドバイスされた。

ちょっと抵抗があったけれど、初めて特売日に参加するということもあり、彼らの言葉を信じた。

「菊乃井さんたちの言うことを信じてよかった……」

アドバイスに耳を傾けることなく弁当を販売していたら、きっと手が回らなくなっていただろう。

ひとりでどうにか回せているのは、紙袋に詰めるだけの揚げ物をメインにしたからに他ならなかった。

「こんにちはー」

蒼吾と手を繋いで歩く祥吾と鈴美に気づき、充己は思わず声をあげていた。

声に気づいた三人が、ニコニコ顔で歩み寄ってくる。

和服姿の祥吾、薄手のニットにロングのフレアスカートを合わせた鈴美、トレーナーにデニムのオーバーオールを重ねた蒼吾。

蒼吾を真ん中に手を繋いで歩く姿が、なんとも微笑ましい。

「すみませーん、コロッケ四つとメンチ五つください。あとこれも……」

祥吾たちと言葉を交わす間もなく、新たな客が注文とともにチラシを差し出してくる。

「ありがとうございます」

〈元気印〉の広告スペースに赤マジックでチェックを入れて客にチラシを返し、さっそく揚げ物を紙袋に詰めていく。

「揚げたてで熱くなってますから、気をつけてください」

充己が接客をしているあいだ、祥吾たちはフードケースを眺めていた。

「忙しそうだな？」

「ええ、もう忙しくて目が回りそうです」

買い物を終えた客が帰るのを待って声をかけてきた祥吾に、さも大変とばかりに額(ひたい)の汗を拭(ぬぐ)ってみせる。

「菊乃井さん、お店にいなくて大丈夫なんですか？」

「店は番頭さんに任せているから大丈夫」

祥吾は問題ないと笑った。

特売日に主人不在でいいのだろうかと気になったけれど、ひとりで店を切り盛りしている自分とは異なるのだから、心配など無用なのだ。

「パパー、コロッケー」

フードケースを覗き込んでいた蒼吾が、大きな声をあげて祥吾を見上げる。

「俺はどうするかなぁ……うん？　これはなに？」

「特売日のために作った串トンカツです」

「じゃあ、俺は串トンカツ」

注文が決まった祥吾が、迷った顔をしている鈴美に目を向けた。

「おまえは？」

「私も串トンカツにするわ」

二人を見ていた蒼吾が、パッとフードケースを振り返る。

まだ子供なのに、聞き捨てならないといった顔をしていた。

その表情がなんとも可愛らしい。

「僕も串トンカツ、食べるー」

「コロッケはどうするんだ？」

父親に聞かれた蒼吾が、すぐに答えられずに口を噤む。

両親と同じものを食べたいけれど、コロッケも捨てがたい。

フードケースを凝視する彼は、心が決まらないでいるようだ。

チラシ持参であればコロッケをひとつおまけできる。

けれど、商店街の一員である彼らが、チラシを持って家を出てきたとは思えない。

ここは臨機応変な対応をすべきだろう。

「今日はコロッケ一個、おまけでつきますよ」

「じゃあ、みんな串トンカツでいいな」

「袋に入れますか？」

「いま食べるーのー」

祥吾と充己の会話に、蒼吾が割って入ってきた。

威勢のいい声に、思わず祥吾たちと顔を見合わせて笑う。

「じゃあ、ここで食べましょ」

「そうだな」

鈴美の提案に祥吾が同意し、蒼吾が満面に笑みを浮かべる。

なんて仲がいい家族なんだろう。

三人とも幸せそうな顔をしている。

ひとり暮らしが長い充己は、寂しさと羨ましさを感じた。

「三本ともソースをかけていいですか？」

「ああ、頼むよ」

ソースをかけた串トンカツを三人に手渡し、紙袋に入れたコロッケを差し出す。

「僕のー」

串トンカツを握りしめている蒼吾が、背伸びをして手を伸ばしてくる。

「はい、どうぞ」

「お兄ちゃん、ありがとー」

紙袋を受け取った蒼吾が嬉しそうに笑い、パクリと串トンカツにかぶりつく。

「おいくら？」

「三百円です」

鈴美から受け取った代金をレジに入れた充己は、串トンカツを食べている蒼吾と祥吾を眺める。

特売日に売り出す新しい商品として、最初は串カツを考えていた。

けれど、普通の串カツでは目新しさに欠けると思い、豚のロース肉を細長く切って串に刺して揚げてみることにしたのだ。

何度か試作品を作って完成したのが、長さ十五センチ、幅二センチほどの細長い串トンカツだ。

これなら子供や女性でも食べやすいはずだと、充己は自信を持っていたのだが、実はまだあまり売れていない。

「美味しいねー」

「美味い、美味い」

蒼吾と祥吾の反応はまずまずだ。

「これ、食べやすくていいわね」

鈴美も美味しそうに食べてくれている。

三人とも気に入ってくれたようで、充己は胸を撫で下ろす。

串トンカツを頬張る祥吾たちを、行き交う人々が遠巻きに眺めたり、店の前で足を止めたりした。

「ねえ、ねえ、あれ美味しそうじゃない？」

「買ってみようか？」

母娘とおぼしき二人連れが、フードケースの前に立つ。

「あれって、なんですか？」

年配の女性がこっそりと祥吾の手元に目を向けた。

「特売日限定の串トンカツです。チラシをお持ちでしたら、おまけでコロッケがひとつつきますよ」

「あら、そうなの？」

女性が提げている手提げから、折りたたんだチラシを取り出す。

チラシは見ていても、〈元気印〉の広告には気づいていなかったようだ。

でも、こうして買い物をすることで、店の名前と味を覚えてくれればそれでいい。

宣伝に一役買ってくれた祥吾たちに感謝する。

「じゃあ、串トンカツを四本と、コロッケを三つ」

「ありがとうございます。お持ち帰りですか？」

「ええ」

注文を受けた充己は、手早く紙袋に入れていく。

「串トンカツ、二本くださーい」

新たな注文が入ってくる。

「お兄ちゃん、バイバーイ」

大きな声をあげて手を振ってきた蒼吾に、充己は笑顔で手を振り返す。

「串トンカツ三本、お願いしまーす」

「はーい、少々お待ちくださーい」

次から次へと注文が入り、一気に店が活気づく。

手を繋いで歩き出した三人を見送る暇もない。

予想をはるかに超えた忙しさだ。

閉店するころには、へとへとになっているに違いない。

祥吾と純一の後押しがなければ、こうした活気を味わうことはできなかった。

商店街の一員として、これからも特売日に参加したい思いが強まる。

会費は大きな出費になるが、それを補うに余りあるものがあると確信した。

「お待たせしましたー」

いつになく声に張りがある。

目が回りそうな忙しさが嬉しくてしかたない。

商店街で商売をすることの楽しさを改めて感じた充己は、接客に勤しみながら胸を躍らせていた。

第五章

週に一度の定休日、商店街組合への加入を決めた充己は、まずは青年部の部長である祥吾に報告しようと呉服店〈菊乃井〉を訪ねた。

純和風で驚くほど間口が広く、たいそう立派な店構えだ。

〈紅葉通り商店街〉で銭湯に次ぐ古い建物らしいが、威圧感が半端ないため、なかなか暖簾をくぐれないでいた。

「どうしよう……」

店前でもじもじしていても始まらない、覚悟を決めて足を前に進める。

「ごめんください……」

呉服店に足を踏み入れたのは生まれて初めてだ。

店内は広々としていて、反物や着物が品よく飾られている。

正面に畳敷きの小上がりがあり、格式の高そうな雰囲気に緊張が走った。

「いらっしゃいませ」

奥から出てきたのはかなり年配の小柄な男性で、地味な色合いの着物を纏っている。

「すみません、〈元気印〉の羽島と申しますが、ご主人はいらっしゃいますでしょうか？」

「ああ、コロッケとメンチカツが美味しい〈元気印〉さん……はいはい、呼んで参りますので少々お待ちください」

にこやかに言って頭を下げた男性が、奥へと引っ込む。

あの男性が、祥吾が口にした「番頭さん」だろうか。

店のことを知ってくれていただけでなく、とても物腰が柔らかで少し緊張がほぐれた。

「羽島君、急にどうしたんだい？」

姿を現した祥吾が、驚きの顔で歩み寄ってくる。

鮮やかな紺色の着物を纏っている彼が、いつにもまして格好よく見えた。

「あの……少しお話をする時間はありますか？」

「じゃあ、こっちで」

祥吾に促され、衝立（ついたて）の奥に向かう。

こぢんまりとしたスペースに、丸いガラステーブルと革張りの白いスツールが向かい合わせで置いてある。

「どうぞ」

「失礼します」

先に座った彼に軽く会釈し、スツールに腰を下ろす。

「で、話って？」

「僕、組合に加入します」

「ホントに？　無理しなくていいんだよ？」

祥吾はすぐには喜んでくれなかった。

店を始めたばかりだから、負担になっては申し訳ないという思いがあるのだろう。

「無理なんかしてません。組合に入って、みなさんと一緒に商店街を盛り上げたいんです」

きっぱりと言い放った充己を、彼が目を細めて見つめてくる。

言葉は短かったけれど、思いは通じたようだ。

「ありがとう、嬉しいよ。君のような若い店主がいると、商店街のイベントがこれまで以上に盛り上がると思うんだ」

「そんな……僕が入ったくらいで……」

「羽島君の存在は貴重なんだよ。いまのところ二十代の店主は君だけだから」

「そうなんですか？」

「純一も二十代だけど、あいつはまだ店主じゃないからな」

「ああ……」

「君にはこれから集会でどんどん意見を言ってほしいと思ってる」

「はい」

承諾したものの、祥吾の期待が重くのしかかってくる。

ちょっと早まってしまっただろうか。

でも、商店街を盛り上げたい気持ちは変わらない。

祥吾や純一に助けてもらいながら、組合の一員として活動すればいいのだ。

「加入手続きはあとでいいとして……羽島君、まだ時間ある？」

「ええ」

急にどうしたのだろうかと、きょとんと祥吾を見返す。

「じゃあ、純一のところに報告に行かないか？　きっと、あいつも喜ぶと思うんだ」

「はい」

そういうことなら喜んでとばかりにうなずき返し、スツールから腰を上げる。

「番頭さん、ちょっと出かけてきます」

「はーい」

奥から番頭が出てきた。

「いってらっしゃいませ」

番頭に見送られて呉服店を出た充己は、祥吾と並んで歩き出す。

「あっ、でも今日ってお蕎麦屋さんも定休日ですよね？　純一さん出かけてるかも……」

「いや、いるよ」

「どうして、いるってわかるんですか?」

親しい間柄であるとはいえ、祥吾が簡単に断言したのが解せなかった。

純一は派手に遊んでいるふうには見えないものの、まだ独身なのだから週に一度の休みくらいは外出しそうな気がするのだ。

「純一は蕎麦オタクでね、四六時中蕎麦のことばかり考えているんだよ。で、定休日は調理場を自由に使えるから、ほぼほぼ籠もってなにかやってる」

祥吾の説明に、充己は目を丸くする。

純一が熱心に蕎麦の研究をしていることは知っていたが、まさか休日を返上してまで取り組んでいるとは思っていなかったのだ。

「お蕎麦のことばかり考えているなんて、頼もしい跡継ぎですね」

「ああ、親父さんも純一になら安心して任せられるだろうな」

祥吾が柔らかに笑う。

彼は純一に信頼を寄せているようだ。

呉服店の後を継いだ祥吾と、これから蕎麦屋を継ぐ純一。

歳が離れているわりに仲がいいのは、彼らには通じ合うものがあるからだろう。

「こんにちはー」

祥吾が蕎麦屋の引き戸を開けて声をかけた。

休日だから暖簾は出ていない。

調理場から顔を覗かせた純一が、並んで立つ充己を見て驚く。

「あれ？　羽島君までどうしたの？」

「ちょっといいかな？」

「もちろん。そこに座って」

祥吾にうなずき返して調理場から出てきた純一が、照明のスイッチを入れてくれる。

いつもと雰囲気が違って見えるのは、首にタオルを巻き、白い前掛けをしているからだろうか。

「失礼します」

先に腰掛けた祥吾の向かいに、充己は軽く会釈をしてから座った。

店内に出汁の香りが立ちこめている。

蕎麦屋ならではの香りに、腹の虫が鳴き出しそうだ。

「二人とも昼飯すませちゃってる？」

テーブル脇に立って訊ねてきた純一が、首に巻いているタオルを外して汗を拭った。

「俺はこれからだ」

「僕もまだですけど……」

定休日でも蕎麦を食べさせてもらえるのだろうかと、にわかに期待してしまう。

「なら、試作品ができたから食べてってよ」

純一はそう言うなり調理場に戻っていった。

「試作品か、楽しみだな」

「ええ」

祥吾と顔を見合わせて笑う。

純一が考えた新しい蕎麦に興味津々だ。

食べるのを躊躇うくらい斬新な蕎麦が出てきたらどうしよう。

そんなことを考えるだけで楽しくなった。

「はい、おまちどおさま。秋冬限定、牡蠣あんのつけ蕎麦でーす」

調理場から出てきた純一が、祥吾と充己の前にひとつずつ盆を下ろす。

盆の上には蕎麦が盛られた四角いせいろと、湯気の立つ汁が張られた小さめのどんぶりが載っている。

「いい匂い……」

汁から漂う生姜と柚の香りに、充己は頬を緩めた。

「さあ、食べて食べて」

「いただきます」

純一に促され、祥吾と声を揃えた充己はさっそく箸を手に取る。

箸で汁を混ぜると、そこから牡蠣が浮き上がってきた。

かなり大粒で、身がふっくらと仕上がっている。

箸でつまんだ蕎麦を汁に浸し、牡蠣と一緒に食べてみた。

こんな蕎麦の食べ方は初めてだ。

細めに切ってある長ネギが上手い具合に蕎麦に絡みつき、なんとも味わい深い。

「で、なんか用があったんじゃないの？」

後ろの席から椅子を引き出して座った純一が、祥吾と充己の顔を交互に見やる。

「ああ、羽島君が組合に加入してくれるそうだ」

「マジ？　大丈夫なのか？」

驚きの声をあげた純一が、心配そうに充己を見てきた。

祥吾と同じ反応に、嬉しさと恥ずかしさがない交ぜになる。

彼らは加入を迷っている理由を知っているからこそ、心配してくれているのだ。

とはいえ、一国一城の主なのだから、いつまでも金銭の心配をされるのは、ちょっと恥ずかしかった。

「はい、大丈夫です」

ここはきっぱりと返事をし、揺るぎない決意であることを示す。

ようやく純一の顔に安堵の笑みが浮かぶ。

「そうか、よかったよかった。これからは祭りとかも一緒にできるのか、嬉しいなぁ」

「お祭りがあるんですか？」

初耳だった充己は、蕎麦を啜りつつ純一に目を向ける。

「秋祭りが商店街のメインイベントなんだ」

「じゃあ、これからですか？」

「来月だよ」

「わー、楽しみ」

特売日があれだけの盛り上がりをみせるのだから、祭りともなると商店街がすごいことになりそうだ。

「祭りをいかに盛り上げるかは、青年部の腕にかかってるからよろしくな」

「こちらこそ、よろしくお願いします」

笑顔で答えた充己は、最後の蕎麦を啜り、つけ汁を飲み干す。

生姜を効かせたつけ汁はとろみがついているから、身体がぽかぽかしてきた。

「ごちそうさま。美味しかったです」

「祥吾さんは、どう？」

充己の感想を聞いてうなずいた純一が、すぐさま祥吾に顔を向ける。

試作品というからには、店に出すつもりで作っているはずだ。

同じく新作で試行錯誤を繰り返している充己は、感想を待ちかねている純一の気持ちがよくわかった。

「美味いことは美味いんだが、なんか違和感があるんだよなぁ……」

「もしかして、生姜じゃないですか？」

「生姜？」

「僕は生姜が好きなので気になりませんでしたけど、菊乃井さんにはちょっと強く感じられたんじゃないですか？」

どうだろうかと、祥吾を見つめる。

味を左右する食材で思い当たるのは、たっぷりと効かせた生姜くらいなのだ。

「ああ、そうかもしれない」

「牡蠣が苦手な人でも食べられるようにって思ったんだけど、やり過ぎだったか……」

祥吾がうんうんとうなずくと、純一ががっくりと肩を落とした。

魚介類は生臭さを感じると食欲が失せてしまうから、臭いを消すことに注力してしまうのはしかたない。

「牡蠣が苦手な人は、はじめから頼まないと思いますよ」

「それもそうだな」

充己の突っ込みに、純一が照れ笑いを浮かべる。

好き嫌いが分かれる食材を扱うのは難しいものだ。

「生姜は香る程度でいいんじゃないのか？」

「貴重なご意見、ありがとうございました」

椅子から腰を上げた純一が、丁寧に頭を下げる。

素直に意見を受け入れた彼は素敵だ。

と同時に、率直な意見を言ってくれる仲間がいる彼が羨ましい。

いまは彼らを頼ってばかりだけど、いつか頼られるようになりたいと、充己は心の底から思う。

「純一ー、ちょっと来てちょうだーい」

「はーい」

店の奥から呼ばれた純一が、申し訳なさそうに苦笑いを浮かべる。

休みの日にもかかわらず、連絡もせずに訪ねてきたのだから、かえって恐縮してしまう。

「じゃ、俺たちはそろそろ……」

祥吾が席を立ち、充己も彼に続く。

「お代はいいのか？」

「もちろん」

当たり前だろうと、純一がおおらかに笑う。

「ご馳走様でした」

礼を言って祥吾と外に出た充己は、晴れ渡った空を見上げる。

普段は店が忙しい時間帯だから、空を見上げる余裕もない。

それに、定休日の午前中は寝て過ごすことが多くて、寝起きに窓を開けて空を見上げても
気分的に晴れ晴れしさがない。

なんだか、こんなにもすっきりとした青空は、久しぶりに見たような気がした。

「食後のコーヒーはどう？」

「お店に戻らなくて大丈夫なんですか？」

声をかけてきた祥吾を、訝しげに見返す。

先日の特売日のときもそうだったけれど、彼が平気で店を空けてしまうのが気になる。

「呉服店って主人は飾り物で、店はほぼ番頭さん任せなんだ」

「本当ですか？」

「ホント、ホント」

疑り深い視線を向けた充己を見て、彼は肩を揺らして笑う。

呉服店の内情など知る由もないから、どこまでが本当なのか見当もつかない。

となれば、彼の言葉を信じるしかないのだ。

「コーヒーはどうする？」

「行きます」

断る理由がなくなったから誘いに乗った。

祥吾と一緒にいると楽しいけれど、そうそう会う機会もない。

いろいろ訊きたいこともあるし、時間が許すのであればつき合いたかった。

蕎麦屋からしばらく東に進んだところに、果物専門店がある。

すごく高級な果物が並んでいるわけでなく、スーパーでも買えるようなものばかりだ。

値段的にもスーパーで買ったほうが安い気がする。

それなのに、けっこう買い物をしている客がいるのだ。

専門店として成り立っているのは、客の心を摑む商品を扱っているからだろう。

人は安い商品だけを求めているわけではないのだとわかる。

充己が商品の価格を安く設定したのは、より多くの人に自分が作った料理を食べてほしいからだ。

店にはそれぞれの方針があり、高くするも安くするも店主次第なのだから、自分の信念を貫けばいいと充己は考えていた。

「ここ、俺の同級生がやってるんだ」

果物専門店の前で足を止めてそう言った祥吾が、店の脇にある扉を開ける。

コーヒーを飲みに行くと言っていたのに、どうしたのだろうか。

不思議に思いつつも彼のあとに続くと、中は洒落(しゃれ)たカフェになっていた。

「えっ？　ここって？」

思わず声をあげ、店内を見回す。

「フルーツパーラーだ。いままで気がつかなかったのか？」

「果物屋さんがあるのはわかってましたけど、その隣がパーラーになってるなんてぜんぜん知りませんでした」

何度も店の前を通っているのに見過ごしていた充己は、恥ずかしさに頬を赤らめる。

「いらっしゃいませ」

エプロンを着けた男性が笑顔で迎えてくれた。

この男性が祥吾の同級生だろうか。

年齢的には同じくらいに見えるが、彼の妻が同級生という可能性もあるからなんとも言い難い。

「コーヒーを二つ頼むよ」

挨拶をするでもなく男性に注文をした祥吾が、壁際のテーブルに着く。

向かい側に座った充己は、明るくて広い店内を改めて眺める。

白いレースのクロスがかけられた丸いテーブル。

中央に置かれた、淡いピンク色の花が飾られた一輪挿し。

天井から吊されているのは、ステンドグラス調のライト。

静かで居心地がよく、女性が喜びそうな雰囲気だ。

「いい感じの店だろう?」

「ええ」

反論の余地などなく、充己はこくりとうなずき返した。

「お待たせいたしました」

トレイを手に現れた男性が、テーブルにコーヒーを下ろしていく。

「彼が店主の田中で俺の同級生。こちらは〈元気印〉の羽島君」

「ああ、あの惣菜屋さんの……このあいだの特売日はずいぶん賑わってたよね」

祥吾に紹介された田中が、気さくな口調で話しかけてきた。

さっぱりした感じが祥吾に似ているからか、初対面でも親しみが持てた。

「はい、おかげさまで」

充己は笑顔で田中を見上げる。

商店街でまた新たな顔見知りができた。

これまでは、店の前で店主と顔を合わせても会釈する程度だったけれど、祥吾が一緒にいることで言葉を交わす機会に恵まれる。

(もしかして……)

祥吾は早く商店街に馴染めるようにと、気を遣ってくれているのかもしれない。

貴重な時間を割いてくれているのだから、本当に有り難かった。

(優しいんだな……)

もともと面倒見がいいのだろうが、やはり優しくされるのは嬉しい。

右も左もわからない商店街で、いきなり商売を始めたから、なおさらのこと有り難みが身に染みる。

「組合に加入してくれることになったから、よろしくな」

「組合の平均年齢が少しは下がりそうだ」

「微々たるもんだろうだけど、若い人が参加してくれるのは有り難いことだよ」

「そうだな」

祥吾と田中が話していると、パーラーの扉が開いた。

「いらっしゃいませー」

田中が新たな客を明るい声で迎える。

「ごゆっくりどうぞ」

祥吾と充己に声をかけてきた田中が、急ぎ足でカウンターに戻っていった。

席に着いた若い女性の二人連れが、メニューを見ながら声高に話し始める。

耳を欹(そばだ)てなくても聞こえてくる会話に、この店が女性たちのあいだで人気があるということがわかった。

「ここのフルーツパフェは映えるらしい」

身を乗り出してこそっと教えてくれた祥吾が、悪戯っぽい笑みを浮かべる。

案の定、女性の二人連れはフルーツパフェを注文した。

しばらくすれば、実物が見られそうだ。

「わざわざ遠くから来る人もいるんでしょうか？」

「そうらしい。昔からあるパフェで俺なんかは見慣れてるけど、ホント、いまはなにが流行るかわからないよなぁ……」

彼はちょっと呆れたように笑い、コーヒーカップを手に取った。

「コロッケやメンチじゃ映えないですよねぇ……」

「狙ってるのか？」

「まさか」

そんな馬鹿なと肩をすくめ、香り高いコーヒーを啜る。

きちんと淹れたコーヒーを飲むのは久しぶりだ。

店を始めてからはいつもバタバタしていて、ゆっくりできるのは銭湯で湯船に浸かっているときくらいだった。

こんなに雰囲気のいい店が近くにあるのだから、たまにはひとりでのんびりコーヒーを飲みたいものだ。

でも、若い女性に人気の店ともなると、ひとりで入るのは気が引けてしまう。

「そうそう、君に頼みたいことがあるんだ」

「僕にですか?」

コーヒーを飲みつつぼんやり考え事をしていた充己は、何事だろうかと首を傾げて祥吾を見つめる。

「明後日なんだけどさ、夕飯用に弁当を二つ作ってもらえないか?」

「お弁当ですか?」

「いつもは家族で食事をしているんだけど、明後日は俺と蒼吾の二人きりになってしまうんだ」

「それで、お弁当なんですね」

納得した充己はうなずき返した。

「頼んでいいかな?」

「もちろんです」

祥吾と蒼吾のために弁当を作れるなんて、嬉しい以外のなにものでもない。

「どんなお弁当がいいですか?」

「中身は君に任せるよ」

「蒼吾君はお子様向けのお弁当でいいとして、菊乃井さんはお肉が好きだから……」

「ダメダメ、それ以上は言わないでくれ」

ウキウキしながら弁当の中身を考えていたら、祥吾から急にストップがかかった。

充己は呆気にとられて彼を見つめる。

「中身がわかってたら蓋を開ける楽しみが減ってしまう」

「あっ……はい、わかりました」

子供じみた言い分を可笑しく思いながらも、素直に聞き入れることにした。

それだけ彼は楽しみにしてくれているのだ。

あまりにも突然の頼まれごとに驚いたけれど、彼らのためにオリジナル弁当を作れるなんて幸せだ。

蒼吾は定番のおかずでも喜んでくれそうだが、やはりそれではつまらない。

栄養のバランスだって気になる。

コーヒーを飲みながら弁当のメニューを考える充己は、わくわくが止まらないでいた。

第六章

店じまいをする一時間ほど前から、充己はオリジナル弁当を作り始めていた。

夜の七時を過ぎれば、商店街で惣菜や弁当を求める客も少なくなるからだ。

午後になって祥吾から電話が入り、店を閉めてからでいいので、弁当を家まで届けてほしいと頼まれた。

「一緒に晩ごはんなんて嬉しい……」

そのとき、もしよければ一緒に食事をしないかと言ってくれたのだ。

ひとりでの食事には慣れっこになっていて、とくに寂しいと思ったこともないけれど、誘いを断る理由はなにもなかった。

気心が知れた相手と食事をすれば楽しいに決まっているし、それが祥吾と蒼吾なら間違いなく盛り上がる。

弁当の数がひとつ増えたところで、手間はさして変わらない。

「蒼吾君のもできたっと……」

三人分の弁当が完成し、箸を添えて手提げ袋に詰める。

「ジャスト八時だ！」

閉店時間きっちりにできあがった。

あとは店じまいをして、祥吾の家を訪ねるだけだ。

フードケースの中には、ほとんど商品が残っていない。

店を始めて一ヶ月近くが過ぎ、一日に売れる数が少しずつ読めるようになってきた。

それでも、時間帯と曜日によっては、足りなかったり大量に売れ残ったりと、右往左往することがある。

「売上げ計算はあとだな」

手早く後片付けをすませて店の戸締まりをし、二階に上がって着替える。

さすがに一日揚げ物をしていると、服に油の臭いが染み込んでしまうのだ。

「早くしないと……」

着替えをすませ、慌ただしく店に戻り、弁当を持って裏口から外に出て鍵をかける。

菊乃井家の夕食が何時に始まるのか知らないが、八時ということはないだろう。

たぶん、店が終わってからでいいと言ってきたのは、仕事中に余計な手間をかけさせることに気が引けたからだ。

大人は夕飯の時間が少し遅くなったところでさして問題ないけれど、幼稚園児ともなるとそうはいかない。

充己が呉服店に駆けつけると、暖簾がしまわれていて、店内の灯(あか)りも消えている。

「あっ、そうか……」

店の裏に自宅の玄関があると教えられていたのに、すっかり忘れていた。

建物に沿って裏に回ってみると、店舗と同じく純和風の門に出くわした。

大きな引き戸の横に表札、その下にインターホンがある。

「菊乃井……あっ、なるほど……蒼吾って書くのか……」

いまどきには珍しく、表札には家族全員であろう名前が記されていた。

蒼吾と鈴美の名前は知っているけれど、どんな漢字が使われているのかまで知らなかったから、なんだか得した気分になる。

インターホンを押して到着したことを伝えると、間もなくして和服姿の祥吾が現れた。

「すまないね、こんな時間に」

「とんでもない。できたてをお持ちしました」

申し訳なさそうな顔をしている彼に、充己は提げてきた弁当入りの手提げ袋を見せる。

「蒼吾が待ちかねているんだ」

「もう八時ですものね」

「さあ、上がって」

彼が背を向けて歩き出し、充己は門扉を閉めてすぐにあとを追う。

門から玄関まで続く石畳が長い。

いったい、どれほどの敷地なのだろうか。

両脇に植えられている松は手入れが行き届いていて、とても美しい姿をしている。

まさにお屋敷といった雰囲気だ。

「どうぞ」

玄関を上がった充己は、祥吾が用意してくれたスリッパに足を入れる。

「お兄ちゃん来たのー」

蒼吾がひょっこり廊下に現れた。

肘と膝に可愛い当て布がついた、上下揃いのジャージーを着ている。

「こんばんは」

「こんばんはー」

充己に気づいた蒼吾が、廊下を一目散に駆けてきた。

「さあ、ご飯にしよう」

廊下の途中で待ち受けていた祥吾が、ヒョイと蒼吾を抱き上げる。

彼はそのまま先に進み、充己はあとに続く。

廊下も壁も柱も、ピカピカに輝いている。

どこかの老舗高級旅館にでも迷い込んだかのようだ。

「こっちだ」

振り返ってきた祥吾が、あごで部屋を指し示す。

彼について部屋に入ると、そこは広々としたダイニングだった。

贅沢(ぜいたく)なシステムキッチンと、大きな六人掛けのテーブル。

座敷で食事をしているのかと思っていたから、洋式なのがちょっと意外だった。

「早く食べよー」

ちゃっかり椅子に座っている蒼吾が、テーブルに身を乗り出す。

腹ぺこのようだ。

「お腹空いちゃったよね」

充己は手提げ袋をテーブルに下ろし、弁当を取り出していく。

「はい、これが蒼吾君の」

「わーい」

「で、こっちが菊乃井さんのです」

彼がどこに座るのかがわからず、とりあえずテーブルの中央に弁当を置いた。

「えーっと、麦茶しかないけどいいかな?」

「はい」

冷蔵庫から取り出した麦茶のペットボトルを開けた彼が、テーブルに並べた三つのグラスに注いでいく。

「零すなよ」

彼はまず蒼吾の前にグラスを置いた。

そして、残り二つを、蒼吾の隣と向かい側に置く。

「そこに座って」

「はい」

蒼吾の向かい側を勧められ、充己はうなずいて席に着いた。

「もう開けていいのー？」

「いただきますをしてからだ」

「いただきまーす」

祥吾に窘められた蒼吾が、小さな手をパンと合わせる。

弁当の中身を楽しみにしていたから、ちょっと気取った箱形の容器を使ってみた。

「いただきます」

蒼吾に続き、祥吾が弁当の蓋に手をかける。

どんな顔をするのか気になってしかたない充己は、並んで座る父子をじっと見つめた。

二人は顔を見合わせ、一緒に蓋を開ける。

「わー、オムライスだー！　からあげもコロッケもあるー」

真っ先に蒼吾が歓喜の声をあげた。

中身は異なるけれど、不公平感が出ないようにと容器は同じものを使っている。

本来、幼い蒼吾は半分くらいの量でいいのだろうが、同じ容器ではスカスカになってしまう。

結局、空いた場所には残しても大丈夫な惣菜を詰めたので、大人の弁当より見た目が豪華になっていた。

「パパの違うー？」

目ざとい蒼吾が、中身の違いにすぐ気づき、祥吾の弁当を覗き込んだ。

「これなーにー？」

「これは西京焼きという、お魚の料理だ」

「こっちはー？」

「こっちはトンカツで、これは肉団子だな。で、煮卵にほうれん草のごま和え、カボチャの煮付け、春雨のサラダ……」

「まだ入ってるのー？」

「ミニトマトとブロッコリー、あとは漬物だ」

蒼吾に訊ねられるまま、弁当の中身をすべて言い終えた祥吾が、ふうと息を吐き出す。

その顔を見ても、気に入ってくれたかどうかがわからない。

期待していた弁当とは違っていたのだろうか。

弁当を見つめるばかりでなにも言ってくれないから、不安になってきた。

「すごいな、なんだか好物ばかりで食べるのを迷ってしまいそうだ」

ため息交じりのつぶやきに、充己は胸を撫で下ろす。

「まだ温かいですから、早く食べましょう」

自分用に作った弁当の蓋を開け、箸を手に取る。

中身は祥吾とまったく同じだ。

今回は採算を度外視して、彼が好きそうなものをこれでもかと詰め込んだ。

肉好きなのをわかっていながら西京焼きを入れたのは、彼の健康をちょっとだけ考えてのこと。

あまりお世辞を口にするような人ではないから、「好物ばかり」という言葉を素直に信じる。

「パパー、スプーンがほしいのー」

「あっ、ごめんね。用意してたのに入れてくるの忘れちゃった」

オムライス用のスプーンを入れ忘れてしまった充己は、間抜けな自分を嘆いてため息をもらす。

「ありがとー」

すかさず席を立った祥吾が、取ってきた子供用のスプーンを蒼吾に渡した。

「からあげと肉団子、こうかんしてー」

味わうように食べていた祥吾が、蒼吾の弁当から唐揚げを取り上げ、空いた場所に肉団子を入れる。

「いいぞ」

交換が成立した蒼吾は、嬉しそうに笑って肉団子を頬張った。

なんて楽しそうな光景なのだろう。

ひとりでの食事より断然、美味しかった。

「パパー、明日はパパがお迎えに来てねー」

「鈴美は？」

「かいぎなんだってー」

「そうか、わかった」

充己がいるにもかかわらず、彼らは日常の会話をしている。

無視をされているようには感じない。

空気のようにここに馴染んでいるのかもしれない。

まるで、家族になったような気がして、なんとも心地いい。

「鈴美さんは蒼吾君が通っている幼稚園の先生をしているそうですね？」

「ああ、鈴美が先生だから、俺もなにかと助かってる」

「でも、お母さんが働いている幼稚園に、先生の子供が通うのって珍しいですよね？」

前々から思っていたことを訊いてみただけなのに、なぜか祥吾が眉根を寄せて見返してきた。

「えっ？」

「普通だったら子供はあえて別の幼稚園に通わせるかなって」

「鈴美が蒼吾の母親？」

祥吾の表情がますます険しくなる。

話がかみ合っていないようだ。

「違うんですか？」

「違う違う、鈴美は俺の妹だ」

「えーっ？」

衝撃の事実に、充己はぽかんと口を開けた。

夫婦ではなく、兄妹だったなんて信じられない。

蒼吾と鈴美だってそうだ。

どう見ても仲のいい母子にしか見えない。

からかわれているのではないだろうかと、思わず疑いの目で祥吾を見てしまう。

「鈴美は独身で、俺は蒼吾が生まれてすぐ嫁と離婚したバツ一」

ここまではっきりと言われてしまうと、信じるしかない。

とんでもない勘違いをしていたことが、恥ずかしくてたまらなかった。

「すみません、いつも五人分の惣菜を買っていかれるので、親子三人とご両親の五人家族なのかなって、ずーっと勘違いしてました」

消え入りたい気分で、しょんぼりと項垂れる。

「確かに五人家族みたいなものだが、少し違うんだ」

「少し？」

どういうことだろうかと、上目遣いに彼を見た。

「俺たち三人の他にここで暮らしているのは、母親と住み込みの番頭さんなんだ」

「あっ、なるほど」

ようやく頭の中の整理がついたが、恥ずかしさは消えない。

とんでもない勘違いを、祥吾はさぞかし呆れていることだろう。

(独身だったのかぁ……)

鈴美と似合いの夫婦だと思っていたのに、祥吾の口から違うと言われ、充己はどこか安堵している。

でも、どうしてそんな感情が湧いたのか、自分でもさっぱりわからないでいた。

「ねー、またお兄ちゃんのお弁当が食べたーい」

「そうだな。たまには弁当を持ってどこかに行くか」

そう言いながら蒼吾の顔を覗き込んだ祥吾が、ケチャップで赤くなった口の周りをティッシュペーパーで拭ってやる。

「お出かけするのー？」

蒼吾が大きな瞳をキラキラと輝かせた。

「羽島君、また弁当を頼んでもいいかな？」

「もちろんです」

こんな嬉しい頼み事は他になく、充己は即答していた。

祥吾と蒼吾がともに顔を綻ばせる。

離婚したいきさつはわからないけれど、祥吾が親権を得ているのだから、彼の妻になにかしらの問題があったのかもしれない。

実家暮らしで祥吾の母親と妹がいるにしろ、男手ひとつで幼子を育てるには大変な苦労が伴っているはずだ。

母親がいないのに、蒼吾が真っ直ぐにすくすくと育っているのは、祥吾が人一倍、手をかけ、愛情を注いでいるからだろう。

「どこにお出かけするのー」

「蒼吾はどこがいい？」

「うーんとねー」

楽しそうに会話をする彼らを見ているだけで、充己は幸せを感じる。

これからも彼らには、楽しく元気に過ごしてほしい。

祥吾は苦労を顔に出さないからこそ、手助けがしたくなる。

小さな惣菜店を営んでいる自分にできることなど、本当にたかがしれているけれど、彼らの役に立てるなら協力は惜しまない。

ニコニコしている蒼吾と、そんな息子を微笑ましげに見ている祥吾。

二人とも好きだからこそ、充己は彼らの幸せを願ってやまなかった。

第七章

和服姿の祥吾は幼稚園の制服を着た蒼吾と手を繋ぎ、〈紅葉通り商店街〉を歩いている。

蒼吾はいつもは鈴美の仕事が終わるのを待って、一緒に幼稚園から帰ってくるのだが、会議などで遅くなるときは祥吾が迎えにいっていた。

「お兄ちゃんのところに寄るか？」

「コロッケ、買ってー」

最近の蒼吾は〈元気印〉の揚げ物がお気に入りだ。

菊乃井家の晩の食卓には、二日おきくらいで揚げ物が並ぶ。

少し控えるように鈴美に伝えたのだが、蒼吾にねだられるとダメと言えなくなるらしい。

美味いのは確かだから、蒼吾が食べたくなるのもわかる。

とはいえ、さすがに揚げ物ばかりでは高カロリーすぎるのだ。

だから、今日は商店街を通らずに家に帰るつもりでいた。

蒼吾も〈元気印〉の前を通らなければ、おとなしくしているだろうと思ってのことだ。

それなのに、なぜか自然と足が商店街に向いてしまった。

「お兄ちゃーん」

店までまだ少しあるというのに、蒼吾が大きな声をあげて充己に手を振る。

「蒼吾君、お帰りー」

店の中から充己が手を振り返した。

二十五歳の若者が、商店街で商売を始めるらしいと耳にしたときは、どうせすぐに撤退するのだろうと思い、あまり関心を示さなかった。

これまでにも、数年に一度くらいの割合で、商店街に新規参入してくる店があったのだが、どれも長く続いたことがない。

流行に乗っかったような店は、売上げが悪いと簡単に諦めてしまうのだ。

ところが、出店が決まって挨拶に来た充己は、これまでの店主たちとは違っていた。

見た目は可愛らしいのに、言葉遣いも考えもしっかりしていて、意志が強く気合いが入っている。

なにより店名どおり、元気溌剌(はつらつ)としている彼に好感を持った。

商店街組合の青年部の部長として、初めて店を経営する彼を応援したいと、真剣に思ったのだ。

「コロッケひとつくださーい」

「はーい」

声を張り上げた蒼吾に、充己が待ってましたとばかりに用意していたコロッケ入りの紙袋を手渡す。

蒼吾が家族以外の人間に、これほど懐くのは珍しい。

べつに人見知りというわけではないのだが、子供なりに他人とはちょっと距離を置いているような感じだったのだ。

「こんどパパとお出かけするから、お弁当、作ってねー」

「あっ、決まったの？　よかったねー、どこに行くの？」

「あのねー……」

フードケースから身を乗り出した充己が、必死に背伸びをしている蒼吾と顔を突き合わせて話をしている。

盛り上がっている二人を見ていたら、充己と三人で出かけたら楽しくなりそうな気がしてきた。

「こんにちは」

声をかけると、充己が満面に笑みを浮かべた。

弾けんばかりの笑顔があまりにも眩しくて、ちょっとドキッとする。

若い男の笑顔にときめくなんて、我ながら信じられない。

「こんにちは」

「トンカツを五枚、揚げてくれるかな」

「いつもありがとうございます」

嬉しそうに目を細めた彼が、さっそく調理に取りかかる。

しばらく揚げ物を控えようと思っていたのに、彼の顔を見たら注文していた。

「美味しかったー」

「もう食べたのか?」

あっという間にコロッケを平らげた蒼吾に呆れつつ、差し出してきた紙袋を受け取ってフードケースの上に置く。

「悪いけど、これ捨ててくれるかな」

「はーい」

フライヤーの前にいた充己が、丸めた紙袋をゴミ箱に捨てる。

いつも元気で、キビキビと動く彼を、つい目で追ってしまう。

三人で食事をした楽しいひとときが脳裏を過る。

屈託なく笑う彼と、もっと話がしてみたい。

「羽島君」

「はい」

「今度の定休日は予定が入っているのかな?」

「いえ、べつに」

トンカツを揚げている彼は、フライヤーに目を向けたままだ。

真剣な横顔もまた可愛らしい。

「それなら、俺たちと一緒に弁当を持って出かけないか？」

「えっ？」

突然の誘いに、充己が戸惑い気味の顔で振り返ってきた。

「二人より三人のほうが楽しいかなと思って」

ちょっとした思いつきで誘った祥吾は、他意はないのだと笑ってみせる。

彼は返事をしないまま、フライヤーに向き直ってしまった。

子供と遊びに行くのにつき合えなんて、非常識だと思われただろうか。

「あっ……すまない、迷惑だったら無理には……」

「そんなことありません。僕でよければご一緒させてください」

遮るように言葉を放った充己が、照れくさそうに笑う。

祥吾はほっと胸を撫で下ろす。

「弁当も頼んでいいかな？」

「もちろんです」

図々(ずうずう)しい頼み事も快諾してくれた。

「蒼吾、よかったなー、お兄ちゃんも一緒にお出かけしてくれるぞ」

「わーい、やったー」

蒼吾が跳びはねて喜ぶ。

「お弁当のリクエストがあったら早めに言ってくださいね」

「ああ、考えておくよ」

ちらっと振り返った充己が、嬉しそうに見えた。

いきなり誘われたから最初は戸惑っただけで、三人で出かけることを喜んでくれているようだ。

「蒼吾はお弁当になにを入れてほしいんだ？」

「えーっとねー、肉団子ー」

「あれ美味かったよな」

「美味しかったよねー」

蒼吾と話をしながら、トンカツが揚がるのを待つ。

そんなひとときが、こんなにも楽しく感じられるのは初めてだ。

「あとはねー」

「なんだ？」

「うーんとねー、いっぱいあってわかんなーい」

「わからないってなんだよ。ちゃんと考えておかないとダメだぞ」

「だってお兄ちゃんのお弁当みんな美味しかったんだもーん」

弁当のこととなると話が尽きない。

父子で充己の弁当の虜(とりこ)になっている。

無邪気に笑う蒼吾の相手をしながら、ときおり充己を見つめる祥吾は、いつなく満ち足りた気分になっていた。

第八章

祥吾と純一から誘われた充己は、閉店後、蕎麦屋で酒を飲んでいた。

組合に加入することが決まったので、祝杯を挙げようということになったのだ。

もともと酒はあまり強くないいし、祝うことなのだろうかという思いもあったけれど、三人で酒を飲む機会など滅多になさそうだから誘いを受けていた。

二人は組合への加入を本当に喜んでくれていて、もっと早くに決断すればよかったと少しばかり後悔するくらいだった。

「K町の商店街も、もう持ちそうにないらしい」

そう言って重苦しいため息をついた純一が、ジョッキ入りのビールを呷る。

「あそこも後継者がいなくて、次々に店を閉めていったからなぁ」

「店がやってなければ客も来ないし」

祥吾の発言を受け、再び純一がため息をもらす。

「商店って、どうして跡継ぎが育たないいんですか?」

素朴な疑問をぶつけた充己は、サワーを飲みつつ祥吾と純一を見やる。

子供がいても、親の代で廃業してしまう店が多いと聞く。

東京で商売をしたかったから、都心に近い場所に築いてきた店があるのに、後を継がないのが不思議でならないのだ。

「親が継がせたがらないいんだ」

「どういうことですか？」

冷酒をちびちびやっている祥吾に、すぐさま問い返した。

「簡単にいえば、商売をやっていても生活が成り立たないってことだな」

「個人商店の売上げなんてたかがしれてるだろう？　家賃だってあるし、家族を養っていくのは大変なんだよ」

祥吾と純一の言葉が、充己の肩に重くのしかかってくる。

確かにいまの店は、自分ひとりだからなんとか生活できているのだ。

現状ではとても結婚なんて考えられない。

なんか、急に寂しくなってきた。

「でもさ、廃れる商店街ばかりじゃないいんだぞ。ウチらの商店街だってシャッターが下りてるのは一軒だけで、まだまだ元気なんだからさ」

辛気くさい顔をするなとばかりに、純一が背中を叩いてくる。

「そうそう、羽島君があそこに入ってくれたから、空き店舗は一軒になったんだよ」

「商店街の真ん中が歯抜けのままだったら、目も当てられなかったよな」

今夜の二人は酒が入っているせいか、いつも以上に饒舌だ。

充己が借りた物件は、〈紅葉通り商店街〉のほぼ中央に位置する。

商売をするなら、これほどすばらしい立地はないと、不動産屋から強く勧められた。

気にしていたのは家賃の安さと居抜きの形状で、商店街のどのあたりに位置するかなど、充己はあまり考えていなかった。

店を始めて改めて考えてみると、あの場所にある店がずっとシャッターを下ろしていたら目立つことこのうえない。

あの店舗を借りて商売を始めたことで、商店街の役に立てたのであれば嬉しい。

「僕が借りた店舗って、もし借り手がつかなかったら取り壊すって不動産屋さんが言ってましたけど、そうしたらあの土地ってどうなってたんですか？」

「土地が売り出されて、ワンルームマンションとかが建ってたかもしれないな」

「えーっ、商店街にワンルームマンションですか？」

「いまどき珍しくないいんだよ」

純一は事もなげに言ったけれど、充己は開いた口が塞がらない。

商店の並びに賃貸マンションがあるなんて信じられない。

「だから、羽島君は〈紅葉通り商店街〉の救世主なんだよ」

そう言った祥吾は、いつになく真面目くさった顔をしている。

冗談でもなんでもなく、本当に救世主だと思っているようだ。

「じゃあ、商店街のために僕があの店は死守します」

「おっ、いいね。その心意気で頑張ってくれよ」

またしても純一に背中を叩かれる。

さきほどより力が強くて、思わず仰け反ってしまった。

唇を尖らせて睨んだけれど、純一はどこ吹く風だ。

むすっとしたままサワーを飲んでいたら、冷酒の杯を傾ける祥吾に笑われた。

「そろそろ締めの蕎麦でも作ってくるわ」

席を立った純一が調理場に向かう。

閉店後の店で飲んでいるから、あまり長居はできないはずなのに、祥吾はのんびりとひとり冷酒を飲んでいる。

（格好いいなぁ……）

和服姿で冷酒を飲む祥吾からは、男の色香が漂いまくっていた。

同じ男なのに、こうも違うものだろうか。

彼が格好よすぎるから、自分が残念に思えてならない。

「どうかした？」

物憂げに頬杖をついていた彼が、ふと視線を向けてくる。

彼に見惚れていた充己はにわかに焦った。

「あっ、あの……菊乃井さんって、和服以外は着ないんですか？」

「まさか、店が休みの日は洋服だよ」

とってつけたような質問にも、彼は普通に答えてくれた。

「そうですよね。和服姿しか知らないから、家にいるときも寝るときも和服なのかと思ってました」

「普段着も和服ってさすがにおかしいだろ」

祥吾が呆れ気味に笑う。

「えー、そんなことありませんよ。和服姿の菊乃井さんはすっごく格好いいから、普段着にしてもぜんぜんおかしくなんかないです」

「そう？」

真っ直ぐにこちらを見つめていた祥吾が、照れくさそうに笑った。

急に胸がときめいた。

どうしたのだろう。

久しぶりに酒を飲んだから、動悸が激しくなっているのかもしれない。

これ以上、飲まないほうがいいだろうと、さりげなくサワーのグラスを脇に避ける。

「そういえば、僕、和服って着たことがないです」

「浴衣くらいあるだろう？」

「温泉旅館とかも行ったことないし」

疑わしげな目を向けてきた祥吾に、ぶんぶんと首を横に振って見せた。

「成人式は？」

「スーツでした」

「七五三は？」

「あっ、写真で見たかも」

「着たのは覚えてないんだ？」

「五歳のときですからねぇ」

「そんなもんかぁ……」

矢継ぎ早に質問をしてきた彼も、最後は諦めたように大きなため息をついた。

「これからも和服を着る機会はなさそうですね」

「そこが問題なんだよ」

杯をとんとテーブルに下ろした祥吾が、真剣そのものの顔で見返してくる。

「女性はまだいいんだ。問題は男が着物を着る機会がないことなんだよ」

嘆く祥吾など見るのは初めてだ。

和服離れと言われて久しいが、かなり深刻な状況にあるのかもしれない。

いつも飄々（ひょうひょう）としている彼も、店のこととなれば頭を痛めているのだろう。

「僕が着るとしたら浴衣くらいですかね？」

「ん？　俺を気遣ってくれてるのか？」

「べ……べつにそういうわけでは……」

あたふたした充己は、思わず避けたサワーのグラスを手に取り飲む振りをした。

「ホントは押し売りしたいくらいだけど、そうやって気にしてくれるだけで嬉しいよ」

祥吾が柔らかに目を細める。

なんて優しい表情をするのだろう。

「よかった……」

「なにが？」

「押し売りされたらどうしようかなって……」

「焦った？」

「ちょっと」

祥吾に話を合わせた充己は、軽く肩をすくめた。

「羽島君のそういうとこ可愛いよな」

真顔で言われ、おおいに戸惑う。

同性から可愛いと言われたら、本来であれば喜べない。それなのに、ちょっとドキドキしてしまったのだ。

(なんか、さっきからドキドキが収まらない……)

さりげなく胸に片手をあてる。

かなり鼓動が速い。

頬も耳も熱い気がする。

酒が原因ではないような感じもあって、充己は不安になった。

「へい、お待ち」

蕎麦を運んできた純一が、せいろ、蕎麦とっくり、蕎麦ちょこ、薬味、箸をテーブルに並べ、盆を空いている椅子に立てかける。

「伸びないうちに食べて」

席に着いた純一が、さあさあと急(せ)かす。

「いただきます」

それぞれが箸を手に取り、みんなで蕎麦を啜った。

喉越しのいい冷たい蕎麦を、存分に味わう。

「二人でなんの話してたの?」

「ん?　若い子に和服が売れないって話」

肩をすくめた祥吾が蕎麦を啜る。

「ご贔屓さんがいるから〈菊乃井〉さんは大丈夫でしょ」

「まあな」

純一に対する受け答えは、大して気にしていないように感じられた。

先ほど見せた表情と、今の表情の、どちらが本当の祥吾の思いを表しているのだろう。

純一と自分に見せた祥吾の表情は、あきらかに異なっていた。

自分に見せてくれたのが本当の思いならば、ちょっと嬉しいかも。

充己はそんなことを考えながら、黙って蕎麦を啜る祥吾をさりげなく見つめていた。

第九章

蒼吾を寝かしつけた祥吾は、ひとり〈春日の湯〉に来ていた。

生まれてからずっと実家で暮らしているだけでなく、仕事場が実家だから、のんびりできる銭湯が息抜きの場になっているのだ。

「はぁ……」

浅い湯船に胸まで浸かり、壁に背を預けて長い脚を投げ出している。

客はちらほらいるだけで、湯船はほぼ貸し切りに近い。

「まさか寝言でママって言うとはなぁ……」

眠りについたばかりの蒼吾がもらした寝言が、ずっと耳から離れないでいる。

妻と離婚をしたのは、蒼吾が一歳にも満たないときだ。

妻がほしかったのは、老舗呉服店の女将というステータスだったようで、結婚して間もなくすると家庭を顧みなくなった。

そればかりか、呉服店のことも、商店街のことも理解しようとせず、高価な反物で和服を仕立てては、パーティ三昧の日々を送っていたのだ。

好きで結婚して子供まで生まれたのに、日を重ねるごとに妻との言い合いが激しくなっていった。

我が子の面倒すらみない妻に、とうとう堪忍袋の緒が切れた祥吾は、離婚をしようと心に決めたのだ。

もともと嫁との折り合いが悪かった祥吾の母親は、息子の離婚に反対するどころか、驚くほど協力的だった。

問題はひとり息子の蒼吾の親権だったが、我が子に対して思い入れもない妻に渡せるわけもなく、慰謝料と引き換えに親権を手に入れた。

母親と鈴美に協力してもらいながら、どうにか男手ひとつで蒼吾を育ててきた。

苦労はあっても、離婚をしてすっきりしたのは間違いない。

けれど、蒼吾は顔すら覚えていないはずの母親を潜在的に求めている。

離婚をして悔やまれるのは、蒼吾にとって可哀想な選択をしてしまったことだ。

「再婚はなぁ……」

蒼吾のために再婚を考えたこともある。

やんちゃで可愛い蒼吾と、楽しく幸せに暮らせる家庭を築きたい。

ただ、蒼吾が無条件で懐き、蒼吾を我が子のように可愛がってくれる女性は、そう簡単に見つからない。

ましてや、破綻した結婚生活で辛(つら)く苦しい経験をしているから、なかなか前向きに再婚を考えられないのだ。

「羽島(はしま)君……」

物思いに耽(ふけ)っていた祥吾は、脱衣所にいる充己(みつみ)に気づきハッと我に返る。

ロッカーの前で服を脱いでいる彼は、まだこちらに気づいていない。

なんの躊躇(ためら)いもなく、パッパと服を脱いでは畳んで籠(かご)に入れている。

「ふっ……」

なにげなく充己を眺めていた祥吾は、思わず笑ってしまった。

下着を脱ごうとした充己が、身を屈(かが)めたままよろめいたのだ。

あたふたとロッカーに手をついて身体(からだ)を支えると、何食わぬ顔で脱いだ下着を取り上げて籠に入れた。

若いのにしっかりしている印象があるのに、ふとした瞬間、妙に子供っぽく見えるときがある。

「あっ……」

全裸になった充己がタオルを手に浴場に入ってきた。

真正面にいる祥吾は、咄嗟(とっさ)に目を逸(そ)らす。

ここは銭湯だ。

誰もが裸でウロウロしている。

他人に裸の姿を晒して羞恥を覚えたこともないし、相手が誰であっても目のやり場に困ったこともない。

なぜ裸の充己を見て、慌ててしまったのだろうか。

祥吾は目を逸らしたまま、湯船から出ようか出まいか迷う。

「菊乃井さん！　こんばんは」

湯船まで来てようやく祥吾に気づいたのか、充己が偶然の出会いを喜んだように声を弾ませた。

「今夜はひとりなんですか？」

掛け湯をして湯船に入ってきた彼が、なんの躊躇いもなく並んで湯に浸かる。

挨拶も早々に逃げ出したい気分だったけれど、それではあまりにも不自然だろう。

「蒼吾が寝てしまったから、今夜は俺だけなんだ」

どうにか答えを返したものの、真横にいる充己が気になってしかたない。

こんなにも彼を意識したのは初めてだ。

「菊乃井さん、この前、新メニューの話をしたの覚えてますか？」

「えっ？」

心ここにあらずで聞き逃してしまった祥吾は、平静を装いつつ彼に視線を向ける。

「純一さんと飲んでいたときに、季節限定のお弁当を考えているって話をしたじゃないですか」

「ああ、そうだったな」

充己がいつもと変わらない自然体でいるせいか、そわそわしていた気持ちがようやく落ち着いてきた。

純一と一緒に蕎麦屋で飲んでいるとき、充己はこれから新しいメニューをどんどん増やしていきたいと、意欲的に語っていたのだ。

その際、新しいメニューとして、季節限定の弁当を作ってみたいのだが、どうだろうかと意見を求めてきた。

一押しの〈元気印弁当〉は、すでに客のあいだに浸透しているのだから、新しいことにチャレンジするのはいいことだと祥吾は答え、純一の意見も同じだった。

そのときは、そこで話は終わったのだが、ここで充己が話題にしたということは、季節限定の弁当が完成したのだろうか。

「自分的には完成しているんですけど、他の人の意見を聞いてみたいんです。それで、蒼吾君と出かけるときに、持っていこうかなと思ってて……」

「新メニューを俺たちが最初に食べていいのか？」

「ええ、一番最初に菊乃井さんに食べてほしいなって……」

照れくさそうに笑った充己が、あごが浸かるほど深く身体を沈めた。

銭湯に来たばかりなのだから、湯あたりするにはまだ早い。

ほんのりと顔が赤くなっているのは、別に理由があるようだ。

(可愛いな……)

はにかんでいる彼を目にして、思わず頬が緩む。

「そんなふうに言ってもらえるなんて光栄だな。蒼吾もきっと喜ぶと思う」

「じゃあ、次のお弁当は季節限定弁当でいいんですね?」

「もちろん」

「よかった」

嬉しそうに笑った充己が、湯船の壁に寄りかかって寛ぐ。

笑顔は無邪気で子供っぽいのに、本人は芯の強いしっかり者だ。

愛嬌もあり、明るく元気で、なにより人当たりがいい。

彼と話をしていると、自然に楽しくなっていく。

彼が店とともに商店街にすぐ馴染んだのも、そうした性格のよさを誰もが感じ取ったからだろう。

「そうそう、特売日で販売した串トンカツなんですけど、お惣菜の定番メニューにすることにしました」

「ああ、あれ美味かったなぁ……」

「特売日のあとに、串トンカツを買いに来るお客さんがけっこういて……でも、特売日だから価格を低めに設定していたこともあって、定番にするのを迷っていたんです」

「確かに価格設定は悩むところだな」

充己が迷う気持ちは容易に理解できた。

特売日は人集めのため、どこも値段を下げる。

充己の店のような小売店は、薄利多売で利益を上げているようなものだ。

特売日と同じ価格設定にすれば、赤字になってしまうこともある。

いったい、彼はどのようにして、串トンカツを定番メニューに加えることにしたのだろうか。

扱う商品は異なっても、同じ商売人だから気になるところだ。

「串トンカツが気に入られたのは、食べやすい形態もあるけど、トンカツ一枚だと量が多いと感じる人がいたからなんだろうなって考えたんです」

「そうだな。誰もがトンカツをがっつり食べたいわけじゃないだろうし、もう少し小さければ食べきれるのにって思う人は多そうだ」

「ですよね？　だから、普通のトンカツ一枚の半分と、三分の一の二種類から選べるようにしたんです」

真っ直ぐに見つめてくる彼の瞳が、キラキラと輝いている。

商品のことを考えるのが楽しくてしかたがないのだろう。

彼のひたむきさに、自然と心が惹かれる。

「特売日で売ってたのは三分の一？」

「いえ、あれで四分の一なんです。だから、ちょっと今回のものは値段設定がお高めなんですけど、満足感はあるかなと思って」

「お父さんは普通のトンカツを一枚、お母さんは半分、子供は三分の一の串トンカツっていうように選べるわけか……うまいこと考えたな」

祥吾はなるほどとうなずく。

トンカツは単価が高いから、一枚単位で売ったほうが利益は上がる。

けれど、一枚を食べきるのは無理だからと諦めてしまう客がいることを考慮すれば、単価が安くても数が出たほうがいいに決まっているのだ。

「菊乃井さんに褒めてもらっちゃった……」

充己は嬉しくてついつぶやいてしまったようだが、真横にいるから彼の声がはっきりと耳に届いた。

ニコニコしている彼を見て、頭を撫でてやりたい衝動に駆られた祥吾は、慌てて手を握りしめる。

（なんで……）

突如、湧き上がってきた衝動に、焦りを覚える。

どうして、そんな気持ちになったのか、さっぱり見当がつかない。

「菊乃井さん、大丈夫ですか？」

「うん？」

急に心配そうに顔を覗き込まれ、祥吾は首を傾げる。

「顔が赤いですよ」

「ああ、ちょっと逆上せたかもしれない」

充己の指摘に、思わず頰に手を当てた。

くらくらした感じはないものの、頰が少し熱いかもしれない。

「すみません、僕が調子に乗って長話をしたから……」

「君のせいじゃないって」

申し訳なさそうな顔をする彼に、心配無用と微笑んでみせる。

とはいえ、このまま湯に浸かっていたら、完全に逆上せてしまいそうだ。

「悪いけど先に上がらせてもらうよ」

ごめんと片手を上げ、祥吾はそそくさと湯船から出る。

「はぁ……」

いい気になって話を続けていたら、危ないところだったかもしれない。

銭湯で倒れたりしたら、全裸で運ばれる羽目になる。

それだけは避けたいところだ。

早く冷たい空気にあたったほうがよさそうに感じた祥吾は、手早く掛け湯をすませて浴場を出る。

ロッカーから乾いたスポーツタオルを取り出し、濡(ぬ)れた身体を丁寧に拭いていく。

「またメニューのことでも考えてるのか?」

ガラス越しに浴場を窺(うかが)うと、充己は湯船に浸かって物思いに耽っていた。

いつでもどこでも一生懸命な彼が、なんとも可愛く思える。

彼と話をしていて、楽しくなるのはなぜなのだろう。

純一や他の仲間たちの会話も楽しいのだが、充己と話をしていて感じる楽しさは少し違っているのだ。

なにが、どう違っているのかは、自分でも明確にはわからない。

ただ、充己といると、もっと一緒にいたいといった気持ちが湧いてくるのだ。

「あっ……」

湯船を上がった充己が、洗い場に向かう。

ガラス越しとはいえ彼の真正面に立っている祥吾は、目が合うのを避けてロッカーに向き直った。

「なんだこの感じ……」

胸のあたりがざわめいている。

覚えがあるような、ないような、そんな不思議な感覚だ。

けれど、けっして嫌な感覚ではない。

「変だな……」

胸のざわめきを気にしつつ、髪を拭いて着物を纏っていく。

普段も和服を着るようになって、もう十年以上になる。

学生時代もちょいちょい着ていたから、鏡など見なくても着つけは完璧だ。

「さて……」

着替えをすませ、タオルなどを竹製の手提げ籠に入れた祥吾は、名残惜しげに浴場を振り返る。

「洗髪中か……」

洗い場にいる充己は、頭から身体まで泡だらけになっていた。

蒼吾の姿が重なって見える。

五歳児と一緒にされたら、充己は怒るだろうか。

「ふふっ……」

むすっと頬を膨らませた充己が脳裏に浮かんだ。

そのまま、一心不乱に髪を洗っている彼をしばし眺める。

「やることなすこと可愛いな……」

ひとりつぶやいて目を細め、手提げを持って銭湯をあとにした祥吾は、彼と三人で出かける日に思いを馳せていた。

第十章

デニム地のショルダーバッグを斜めがけにし、三人分の弁当を入れた手提げ袋を持った充己は、シャッターを下ろした店の前で祥吾と蒼吾が来るのを待っていた。

祥吾は三人で出かけようと言ったけれど、三人とも休みの日が異なる。

彼が〈元気印〉の定休日に合わせたのは、ちょうど幼稚園の週に一度の昼食のない日と重なっていたからだ。

呉服店の主人でありながら、番頭任せにしているという祥吾は、営業中であっても数時間の外出など平気らしい。

ということで、平日の昼から三人で遊びに行くことになったのだが、祥吾が教えてくれないのでどこに行くのか知らない。

ただ、三人で楽しく弁当を食べることが目的だから、充己は行き先などどこでもいいくらいに考えていた。

「お兄ちゃーん」

祥吾と手を繋(つな)いで歩く蒼吾が、遠くから大きな声を上げて手を振ってくる。

「あれ？」

手を振り返しつつも、充己は目を瞠った。

なんと祥吾が洋服を着ているのだ。

シャーベットグリーンの長袖シャツに、黒い細身のパンツを合わせ、腕に黒いジャケットをかけている。

「ひぇー」

商店街を歩く姿が映画のワンシーンのようで、思わず見惚れてしまう。

和服姿のときとはまるで別人だが、格好よさは変わらない。

長身で均整の取れた身体をしているから、なにを着ても似合うのだろう。

「お待たせ」

店の前で足を止めた祥吾が、柔らかに微笑む。

彼の顔を見ただけで、充己は嬉しくなる。

最近はよく顔を合わせているのに、会うたびにウキウキするから不思議だ。

「あれー、蒼吾君、制服は？」

「ようちえんでお着替えしてきたのー」

「そうなんだ、そのお洋服、格好いいね」

充己に褒められた蒼吾が、にかっと笑う。

彼は赤いチェックの長袖シャツに、少し太めの青い長ズボンを合わせ、赤い運動靴を履いている。

祥吾も蒼吾もお洒落(しゃれ)な感じだから、Tシャツに長袖のシャツを重ね、穿(は)き古したデニムパンツを合わせている充己は、ちょっと恥ずかしい思いをした。

「制服で遊びに行くわけにもいかないから、幼稚園で着替えさせて鈴美に制服を預けてきたんだ」

「ああ、だから荷物がないんですね」

「さあ、行こうか」

彼らが手ぶらで現れたことに納得したところで祥吾に促され、三人で手を繋いで商店街を歩き出す。

「そこから通りに出てタクシーに乗るよ」

「はい」

祥吾が指さした路地に入り、表通りを目指す。

蒼吾はよほど嬉しいのか、両の手を繋いだままスキップしていた。

商店街と並行に走る表通りは新宿(しんじゅく)に続いているため、昼夜を問わず車の往来が多い。

待つことなく空車のタクシーが止まり、後部座席に充己、蒼吾、祥吾の順に乗り込み、きっちりシートベルトを締める。

「T園までお願いします」

祥吾が行き先を告げ、すぐにタクシーが走り出す。

T園は都内にある古い遊園地として有名だ。

充己も名前くらいは知っていたが、どこにあるかまでは知らなかった。

東京でひとり暮らしを始めて七年になるけれど、行動範囲が狭いから知らない場所ばかりなのだ。

「遊園地に着いたら、まずは昼ご飯にしような」

「うん。僕、お腹ペコペコなのー」

腹に両手をあてた蒼吾が、足をバタバタさせながら祥吾を見上げる。

「お兄ちゃんが美味しいお弁当を作ってきてくれたぞ」

「楽しみだねー」

「そうだな」

二人の会話に、充己はドキドキし始めた。

彼らの期待に応えられるだろうか。

自信作ではあるけれど、いまさらながらに不安になってきた。

「今日のお弁当はなーにー?」

充己が膝に載せている手提げ袋を、蒼吾が覗き込んでくる。

わずかに匂(にお)いが漂っているから、気になってしかたないようだ。

「遊園地に着いてからのお楽しみだよー」

「はーい」

駄々をこねるかと思ったから、聞き分けのよさに驚いた。

待ちかねて蓋(ふた)を開けて見た弁当に、彼ががっかりしないことを祈るしかない。

タクシーは渋滞に巻き込まれることなく、順調に走って行く。

遊園地に到着するのが楽しみでもあり、怖くもある充己は、黙って流れゆく景色を眺めていた。

＊＊＊＊＊

平日ということもあり、遊園地は思っていた以上に空(す)いている。

入園して真っ先に園内マップを確認し、飲み物を買いがてら弁当が食べられるスペースにやってきた。

四人がけの丸いテーブルがランダムに並べられている。

昼時だというのに、テーブルは選び放題の状態だ。

暖かな日差しに包まれたテーブルに着いたところで、充已はさっそく弁当を配った。

弁当箱の上には袋入りのおしぼりを添えてある。

「お待たせしました。さあ、どうぞー」

二人に弁当を勧め、不安の面持ちで見つめる。

今回は三つともまったく同じ内容だ。

お店で売るのを前提に考えて作った季節限定弁当だから、量はさほど多くない。

だから、蒼吾が残したとしても、祥吾と自分がいればどうにかなると考えていた。

「ジャジャジャジャーン！」

父親と一緒におしぼりで手を拭いていた蒼吾が、声をあげながら弁当の蓋を開ける。

その様子を笑いつつ、祥吾も一緒に蓋を開けた。

「わー、きれー」

「見事だな」

二人が弁当に見入る。

つかみは上々のようだ。

「おかずの説明をしまーす」

席を立った充已は、自分の弁当を彼らが見やすいようテーブルの中央に移す。

「まず、お魚は銀ダラの味噌焼きです。脇に添えているのは栗の甘露煮。こちらのお肉は豚バラ肉の唐揚げと肉団子で、付け合わせはポテトサラダです」

「早く食べたいよー」

蒼吾が焦れた声をあげ、充己は焦る。

「すぐ終わるから、もうちょっと待ってね。そして、里芋、キクラゲ、インゲン豆の煮物と銀杏の素揚げです。どうぞ、お召し上がりください」

説明を終えた充己は席に着き、自分の弁当を引き寄せた。

「食べていいぞ」

祥吾に促された蒼吾が、さっそく手を合わせて箸を取る。

「いただきまーす」

「パパはどれから食べるのー?」

「パパはこれだな」

蒼吾に訊かれた祥吾が、箸で一口大に割った銀ダラを頬張った。

真っ先に肉を食べると思っていた充己は、おしぼりで手を拭きながら興味津々で彼を見つめる。

蒼吾も目を瞠って見上げていた。

二人から注目を浴びながらも、祥吾は気にしたふうもなく銀ダラをゆっくりと味わう。

「うーん、美味い」

満足そうな笑顔を見て、充己はホッと胸を撫で下ろす。

弁当の中で唯一(ゆいいつ)、自信が持てないでいたのが銀ダラの焼き具合なのだ。

店では揚げ物をメインにしているから、あまり魚を扱うことがない。

居酒屋で働いていたときの経験を頼りに、冷めても美味しい焼き加減を探求した。

「硬くないですか？」

「ああ、ふっくら焼けていて、味噌の加減も抜群だ」

「よかったぁ……」

祥吾の褒め言葉ほど嬉しいものはない。

客から「美味しい」と言われたら元気百倍になる。

でも、祥吾に言われると元気万倍くらいの力になるのだ。

「お魚、お魚……」

祥吾の真似(まね)をして、蒼吾が銀ダラに箸を入れる。

彼はまったく好き嫌いがないし、箸の使い方が上手(うま)い。

祥吾がきちんと躾(しつ)けているからだろう。

彼からは苦労がまったく感じられないけれど、母親がいないぶん父親として頑張っているのだ。

「これ美味しぃー」

「栗も美味いぞ」

「ホントー」

微笑ましい父子を眺めつつ、充己も弁当を食べる。

晴れ渡った空の下、遊園地で彼らと弁当を食べているのが信じられない。

（どうして誘ってくれたんだろう……）

仲のいい父子だから、二人でも充分に楽しめるはずだ。

他人が一緒にいるより、父子水入らずのほうがいいようにすら感じていた。

「どうかしました？」

豚肉の唐揚げを食べた祥吾が、顔をしかめているのだ。

「ちょっと辛いな。銀ダラがしっかりした味付けだから、バランスが悪い気がする」

「バランス……」

銀ダラを食べたばかりだった充己は、彼の指摘を受けて豚肉の唐揚げを頬張る。

確かに味が濃いかもしれない。

白米で口の中をリセットしたとしても、たぶん濃いと感じるだろう。

ひとつひとつの味にこだわったのが、かえって徒(あだ)になってしまったようだ。

「唐揚げ自体は美味いんだよなぁ……」

「でも、季節限定なので銀ダラは使いたいんですよね。だから、肉料理を他のなにかに変えようと思います」

充己の考えに、彼が大きくうなずいて賛同してくれた。

遠慮のない指摘とアドバイスがありがたい。

「パパ、パパ、この美味しいのなにー」

「銀杏だぞ。おばあちゃんが作ってくれる茶碗蒸しに入ってるだろう」

「あの黄色のー？」

「そう、同じものだ」

「へー……こっちのほうが美味しー」

蒼吾が楊枝に刺してある銀杏をしみじみと眺め、パクリと咥える。

五歳の子供でも、ほろ苦い銀杏を美味しいと思うのだ。

彼らと一緒に食事をしなかったら、きっと気づかなかった。

（美味しい……）

また三人で食事ができるなんて思っていなかったから、よけいに美味しく感じられる。

これからも彼らと一緒に食事がしたい。

彼らのために美味しい弁当を作りたい。

祥吾に「美味しい」と言ってもらいたい。

充己は里芋を頬張りながら、さりげなく祥吾に目を向ける。

（あっ……）

タイミングがいいのか悪いのか、彼とばっちり目が合ってしまった。

黙って微笑む彼に、頬を引きつらせながらも微笑み返す。

ただ目が合っただけなのに、鼓動が一気に速くなった。

いまにも心臓が飛び出しそうなほどバクバクしている。

顔まで火照ってきた。

弁当を食べているのに顔を赤くしたら、きっと変に思われる。

彼に顔を見られないように、弁当を食べることに集中した。

（見られてる……）

祥吾の視線を感じて、ますます鼓動が速くなる。

どうしてこんなに彼を意識してしまうのだろう。

見られていると思うと恥ずかしくて箸が止まりそうになったが、顔を上げないようにしてせっせと弁当を口に運んだ。

「はふー……美味しかったー」

しばらくして聞こえてきた蒼吾の声に、食べることに夢中になっていた充己はパッと顔を起こした。

「えー、食べちゃったのー?」

思わず驚きの声をあげたのは、祥吾はご飯こそ半分くらい残したが、おかずは完食していたからだ。

「俺も食べきったぞ」

祥吾が得意げに空の弁当容器を見せてきた。

「商品の弁当としては未完成かもしれないけど、どれも美味かったよ」

「ありがとうございます」

充己は箸を置いて、ぺこりと頭を下げる。

味のバランスが悪いのだから、弁当として未完成と言われるのは当然だ。

でも、ひとつひとつの料理は満足してもらえた。

祥吾の言葉が自信に繋がる。

「さーて、腹も満たしたことだし、腹ごなしに少し歩いてみるか」

立ち上がった祥吾が、椅子(いす)の背にかけていたジャケットを羽織った。

「はい」

異論などあるはずもなく、みんなでテーブルの上を片づけ始める。

弁当の容器は折りたためるだけでなく、すべて可燃ゴミに出すことができた。

三つ分を小さくまとめて手提げ袋に入れて、ゴミ箱に捨てにいく。

「蒼吾、ペットボトルはこっちだ」

「はーい」

空のペットボトルを抱えた蒼吾が、祥吾に言われて専用のゴミ箱に捨てる。

充己はショルダーバッグから携帯用のウエットタオルを取り出し、ゴミを捨てたばかりの蒼吾に差し出す。

「蒼吾君、これでお手々を拭いて」

「ありがとー」

ウエットタオルを自ら引っ張り出した彼が、小さな手を拭き始める。

「菊乃井さんもどうぞ」

「ああ、ありがとう。気が利くな」

祥吾に礼を言われ、充己は照れ笑いを浮かべた。

嬉しくて、楽しくて、天にも昇る心地だ。

「さあ、行こうか」

使ったウエットタオルをゴミ箱に捨て、三人で手を繋いで歩き出す。

最後に遊園地で遊んだのはいつだろうか。

もう、記憶にも残っていない。

まさか二十五歳になって、遊園地で遊ぶことになろうとは、考えてもみなかった。

子供が喜びそうな遊具が、いろいろ揃っている。

蒼吾はどんな乗り物が好きなのだろうか。

「あれ乗るー」

蒼吾が前方を指さしたかと思うと、いきなり駆け出した。

思わず祥吾と顔を見合わせ、一緒に追いかける。

目的を持って走る子供は、脇目も振らず一目散だ。

「あっ！」

ようやく追いついたところで、蹴躓いた蒼吾が膝をつく。

「蒼吾君！」

助けようと咄嗟に手を伸ばした充己まで躓いてしまった。

「うわっ……」

前のめりになって倒れそうになる寸前、後ろからがしっと逞しい腕に抱き留められる。

「大丈夫か？」

「は……はい……」

うなずき返したものの、恥ずかしくて顔をあげられない。

それに、転びそうになって驚いたせいなのか、祥吾に抱き留められたままだからなのか、激しく動揺している。

「そ……蒼吾君、怪我してない？」

動揺を誤魔化すため蒼吾に声をかけると、祥吾がふと我に返ったかのように我が子に駆け寄っていった。

「立てるか？」

「うん」

「怪我は？」

「大丈夫ー」

「もう急に走ったりしたらダメだぞ」

蒼吾が何事もなかったように立ち上がり、祥吾が窘めつつ小さな頭を優しく撫でる。

怪我もなくすんでよかったと、充己は胸を撫で下ろす。

「まったく、蒼吾はまだしも、羽島君まで躓くなんて、これじゃ手のかかる子供が増えたみたいだ」

充己に向き直った祥吾が、笑いながら額をツンと突いてくる。

「すみません……」

迷惑をかけてしまったから、恐縮しきりだ。

でも、申し訳ない思いでいっぱいなのに、なぜか彼が助けてくれたことに嬉しさを感じていた。

「パパー、あれ乗るのー」

最初の目的を忘れていない蒼吾が、祥吾の手を摑んで引っ張る。

「コーヒーカップか……懐かしいな。乗ったことある？」

「たぶん……」

追いかけて蒼吾と手を繋いだ充己は、訊ねてきた祥吾に肩をすくめてみせた。

「三人でも大丈夫そうだから、一緒に乗ろう」

「はい」

入り口で係員にチケットを渡し、パンダをあしらったお椀型のカップに乗り込む。

カップは六つあるのに、他は誰も乗らないからすぐに動き出す。

「蒼吾、ここを摑んで思いっきり回すんだ」

祥吾と充己に挟まれている蒼吾が、中央のハンドルを握ってグイッと回転させる。

「うわーっ」

勢いよくカップが回り、不意を突かれた充己は身体が大きく傾く。

「すごーい！　すごーい！」

味をしめた蒼吾が、キャッキャと笑いながらハンドルを回し続ける。

「ひゃー、やめてー」

移動しながら回転するカップに翻弄され、充己は頭がクラクラし始めた。

「菊乃井さん、助けてー」

「蒼吾、ちょっと回すのやめようか。お兄ちゃん、目が回り始めたらしい」

悲鳴をあげた充己を見て笑った祥吾が、ハンドルを摑んでカップの動きを止める。

ようやく回転が止まり、充己はカップに寄りかかって天を仰ぐ。

「はぁ……」

「お兄ちゃん、だらしなーい」

「蒼吾君が回しすぎなんだよ」

「いっぱい回ったほうが楽しいもーん」

「ものには限度ってものが……」

大人げなく蒼吾と言い合いを始めた充己は、祥吾の視線を感じてハッと我に返った。

五歳児相手に文句を言っている自分を見て、さぞかし呆れているに違いない。

彼は大笑いしている。

充己は消え入りたいほどの羞恥に囚われる。

「こういうのは、ほどほどに回して楽しむんだよ。まったく世話の焼ける子供たちだ」

わざとらしく大きなため息をもらした祥吾が、自らの手でハンドルを回転させた。

カップがゆっくりと回り始める。

先ほどまで無我夢中でハンドルを回していた蒼吾が、小さな手をハンドルに添えた。

けれど、無理に回すことなく、ニコニコしている。

「これくらいなら大丈夫だろう？」

「はい」

訊ねてきた祥吾に、充己は笑顔でうなずき返し、彼らと一緒にハンドルを握った。

回るカップの中から、楽しそうに笑いながら景色を眺める蒼吾。

そんな蒼吾を見つめる祥吾も、いつになく楽しそうだ。

「わーっ……」

回転速度はたいしたことがないのに、蒼吾がわざと充己に寄りかかってきた。

それを見た祥吾が、すかさずカップを逆回転させる。

「ひゃー……」

充己はここぞとばかりに、蒼吾に身体を寄せた。

「お兄ちゃん、重ーい」

「ごめーん。パパが逆に回したから、傾いちゃったんだー」

悪びれたふうもなく笑った充己を、祥吾が目を細めて見つめてくる。

やけに彼の視線が熱く感じられ、ひどく照れくさい。

楽しくてウキウキしているところに、ドキドキが加わる。

「あー、止まっちゃったー、パパーもう一回、乗るー」

「わかった、わかった。チケットを渡してくるから、ここでおとなしく待ってるんだぞ」

蒼吾の頭を優しく撫でた祥吾が、充己の頭に手を伸ばしてきた。

「君もおとなしく待ってるんだぞ」

充己の頭をクシャクシャッと撫で回し、彼はカップを降りて係員のもとに向かう。

五歳の蒼吾とまるで同じ扱いをされた。

それなのに、まったく不愉快に感じないどころか、嬉しくてにんまりしてしまう。

（ふふ……）

なんて楽しいのだろう。

この時間が永遠に続くことを願わずにはいられない。

カップに戻ってくる祥吾を見つめながら、充己はかつて感じたことがない満ち足りた気分に浸っていた。

＊＊＊＊＊

遊園地からタクシーで自宅近くまで戻った祥吾は、疲れて寝てしまった蒼吾を抱っこして歩いている。

並んで歩いている充己もまた遊び疲れたのか、少し眠そうな顔をしていた。

元気いっぱいの蒼吾と一緒になってはしゃいでいたから、普段とは違う疲労を感じているのだろう。

タクシーを降りてから、ほとんど充己と言葉を交わしていない。

だからといって、二人のあいだに気まずい雰囲気が漂っているわけではないのだ。

それが、なんとも心地よかった。

このまま三人で同じ家に帰ることができたら、笑い声に包まれた楽しい時間が続く。

充己ともう少し一緒に過ごしたい。

そんな思いが胸に渦巻いているけれど、それぞれの家に帰らなければならないのだ。

「今日はありがとう。すごく楽しかった」

自宅前まで来たところで足を止めた祥吾が礼を言うと、充己が笑顔で見上げてきた。

「こちらこそ、ありがとうございました。久しぶりに思い切り遊べて楽しかったです」

真っ直ぐに向けられた満面の笑みに、目が釘付け（くぎづ）けになる。

なんて可愛らしく笑うのだろうか。

「どうかした？」

急にぽかんとした充己を、眉根を寄せて見つめる。

「あ……あの……」

彼が自分の手元に目を向けた。

視線を追った祥吾は、ぎょっとして目を瞠る。

別れがたい思いがあったからか、無意識に彼の手を握っていたのだ。

「す、すまない……」

慌てて手を離す。

いったい、なにをやっているのだ。

困惑しきっている彼を目にして、祥吾は激しく動揺する。

「あの……本当にありがとうございました。おやすみなさい」

「ああ、おやすみ」

挨拶もそこそこに、ぺこりと頭を下げた充己が、急ぎ足で立ち去る。

自分だけでなく、彼にも動揺が見て取れた。

いきなり手を握ったりしたから、彼は変に思ったに違いない。

無意識のこととはいえ、どうしてあんなことをしたのだろうか。

確かに別れがたい思いはあったけれど、だからといって男の手を握るだろうか。

「うーん……お兄ちゃんはー?」

目を覚ました蒼吾が、あたりを見回す。

「もう、おウチに帰ったよ」

「そうなのー？　また一緒にお出かけしよーねー」

「そうだな」

目を擦る蒼吾はまだ眠たそうだ。

夕飯は軽くすませてきたから、風呂に入れて早めに寝かせたほうがいいだろう。

蒼吾をしっかりと抱っこし直した祥吾は、門扉を開けて家に入る。

（どうしたものか……）

充己の困惑しきった顔が、目に焼き付いて離れない。

このままでは、彼と顔を合わせづらい。

だからといって、変に言い訳をするのも躊躇われる。

そもそも、言い訳が思いつかない。

祥吾は動揺が収まらないまま、玄関へと続く石畳を歩いていた。

第十一章

夕方近くの〈紅葉(もみじ)通り商店街〉は、いつもどおりの賑(にぎ)わいだ。

常連客が増えた〈元気印〉は、今日も順調に売上げを伸ばしている。

けれど、笑顔を振りまいて接客をしているものの、充己はモヤモヤとした気分を抱えていた。

「ありがとうございましたー」

店の中から客を見送り、肩でひとつ小さい息をつく。

三人で遊園地に行ったあの日から、ずっと祥吾と会っていないのだ。

幼稚園の帰りに店に立ち寄ってくれる鈴美と蒼吾に、さりげなく祥吾のことを訊いてみても、元気にしていると答えるばかり。

二人が嘘をつくとはとても思えないから、病気で伏せっているわけではないのだろう。

それだけに、祥吾から避けられているような気がしてならず、充己はずっと落ち着かない日々を過ごしていた。

「すみませーん、季節限定のお弁当ってまだありますか?」

「お肉とお魚のどちらかを選べますけど、どうしましょう?」

「えーっと、お魚にしてください」

「季節限定弁当のお魚ですね。ありがとうございます」

元気よく受け答えをした充己は、すぐさま弁当を作り始める。

祥吾のアドバイスをヒントにして、季節限定弁当の主菜を肉と魚から選択できるようにした。

材料を無駄にしたくないから、一日の販売数を十個ずつに限定した。

季節限定、数も限定というのが客の目を引いたのか、なかなかの売れ行きだ。

弁当が完成したのは祥吾のアドバイスがあったからに他ならない。

だから、どうしても礼を言いたいのに、それがいまだできないでいる。

具合が悪いわけでもないのに、ちっとも顔を見せてくれないのはどうしてだろう。

遊園地でなにか嫌われることをしてしまった可能性もありそうだが、とにかく理由がわからないから悶々(もんもん)としてしまう。

そんな状況だから、怖くて電話もできないし、いきなり呉服店を訪ねていく勇気もない。

「ありがとうございましたー」

季節限定弁当を注文した客と入れ替わりに、鈴美がひとりで現れた。

「こんばんは」

にこやかに挨拶してきた鈴美が、フードケースを眺める。

「いまお帰りですか?」

「そうなの、残業してたらこんな時間になっちゃったのよ。もう、やんなっちゃう……」

彼女が小さく肩をすくめて笑う。

祥吾の妹というだけでなく、同い年だとわかってからの充己は、彼女を身近に感じるようになっていた。

「蒼吾君のお迎えは菊乃井さんが?」

「父親なんだから当然でしょ」

「確かに」

笑ってうなずいたけれど、祥吾が迎えに行ったと聞いてよけいにモヤモヤしてくる。

たまに蒼吾を幼稚園まで迎えに行く祥吾は、家に帰りがてら〈元気印〉に寄ってくれた。

それなのに、今日は姿すらみかけなかった。

午後は店に立ちっぱなしだから、絶対に見逃すはずがない。

蒼吾だって黙って前を通り過ぎるわけがない。

幼稚園から自宅までは商店街を抜けたほうが近いのに、祥吾はあえて遠回りをしたのだ。

(避けられてる……)

やはり、彼に嫌われたとしか思えない。

顔を合わせるのもいやなのだ。

（あんなに楽しかったのに……）

遊園地で思い切り遊んだ日が忘れられない充己は、激しく落胆していた。

＊＊＊＊

祥吾は〈元気印〉へ向かうべく、商店街を歩いている。

三人で遊園地に行ったあの日の夜、充己に恋している自分に気づき、それから思い悩んできた。

男に恋した自分が信じられなかった。

普通に恋愛結婚をして、子供を作ったのに、男に恋などするだろうかと。

けれど、遊園地で転びそうになった充己を抱きしめた瞬間に感じたのは、紛れもない愛しさだったのだ。

別れがたい思いから無意識に手を握ってしまうほど、彼に強く惹かれていたのだ。

充己に恋しているのは間違いないが、思いを伝えることはできそうにない。

手を握られたときの彼は、あきらかに困惑していた。

嫌悪感を抱いているのかもしれない。

離婚歴のある子持ちの男から告白されたら、彼も迷惑に思うだけだろう。

商売が軌道に乗り始め、これまで以上にやる気に満ちている彼には、いやな思いだけはさせたくない。

かといって、このまま顔を合わせることなく距離を置き続けたら、さすがに充己も不審に思うはずだ。

この先、商店街組合が主催するイベント関連で、いやでも彼と顔を合わせることになるのに、今の状態は続けられない。

だから、恋心は胸にしまい、これまでどおり振る舞うべきと考え、充己に会いに行くことにしたのだ。

「鈴美……」

店の前で充己と話をしている鈴美が目にとまり、祥吾はふと足を止めた。

二人は屈託のない笑みを浮かべ、話に花を咲かせている。

それは、まるで恋人同士のように見えた。

「それが普通なんだよな……」

祥吾は苦々しく笑う。

充己にとって男など恋愛の対象外だ。

どれほど焦がれたところで、思いは届かない。

「兄さーん」

祥吾に気づいた鈴美が、大きく手を振ってきた。

フードケースから身を乗り出している充己が、こちらに顔を向ける。

目が合うなり、彼はすっと視線を逸らした。

手を握ったりしたから、嫌われてしまったのかもしれない。

それでも、このままではいけないと思い、祥吾は咄嗟に取り繕った笑みを浮かべ、何事もなかったように平然と店までいき、充己に声をかけた。

「こんばんは」

「こ……こんばんは……」

充己の態度が少しぎこちない。

店まで足を運んだけれど、彼となにを話せばいいのかわからない。

とはいえ、ずっと黙っているわけにはいかないだろう。

「なにを買ったんだ？」

鈴美が提げているレジ袋に目を向ける。

後先のことを考えずに家を出てきてしまったから、鈴美がいてくれて助かった。

「コロッケと唐揚げよ」

「それだけか……メンチを五個追加で」

「五個は多いわよ。二個でいいわ」

鈴美が注文し直すと、充己は笑いながら紙袋にメンチを入れ始めた。

自分と鈴美に対する彼の態度が違うように感じるのは、思い過ごしだろうか。

「一枚おまけしておきますね」

「無理しなくていいんだぞ」

「べつに無理なんか……」

これまでのように会話が弾まない。

妙な空気が二人のあいだに流れていく。

どうしてこんなことになってしまったのか。

笑顔が消えた充己を見ていると、心が痛くてたまらない。

「どうかしたの？」

「うん？　いやべつに」

「これで今夜のおかずもバッチリね。さあ、帰りましょう」

支払いをすませた鈴美に促され、充己となにも話せないまま〈元気印〉をあとにする。

「なんか羽島君、元気なかったわね」

「そうか？」

「心ここにあらずって感じだったわよ」

「思い過ごしだろ」

笑って言い返したけれど、鈴美に言われて充己が気になり始めた。

いきなり手を握られたのに、それからなにも話をしていないから、理由がわからない彼はずっと悩んでいたのかもしれない。

でも、この恋は諦めるしかないのだから、本当のことを言えるわけがない。

ならば、すっかり忘れたふりをして、これまでどおり彼と接するしかないだろう。

いつもと同じように接していれば、そのうち彼も忘れてしまうはずだ。

恋を諦めるのは辛いけれど、充己のためを思えばそうするしかない。

鈴美と並んで歩く祥吾は、これからも充己と楽しく話したり、酒を飲んだりできればいいと、そう思っていた。

＊＊＊＊

店じまいした充己は、二階の部屋でひとり壁に寄りかかってぼんやりしていた。

ようやく祥吾と会えたというのに、モヤモヤが消えないでいる。

「気のせいかなぁ……」

今日の祥吾は、いつもと違っていたように感じてならない。

どこか余所余所しくて、あまり目も合わせてくれなかった。

嫌われる理由があるとしたら、遊園地に行ったあの日しか考えられないのだが、いくら考えても思い浮かばないのだ。

「でも、お店に来てくれたし……」

本当に嫌われてしまったのなら、もう二度と彼は店に来てくれないような気がする。

余所余所しく感じたのは、自分の思い過ごしかもしれない。

それに、仕事が忙しくて店に来られなかった可能性もある。

いつもは番頭任せにしていても、彼は老舗呉服店〈菊乃井〉の主人なのだから、忙しくて天手古舞いになることだってあるだろう。

「一週間やそこらで気にするほうがおかしいのかも……」

祥吾が店に来てくれたことで、少なからず安堵した充己は、これまで考えすぎだったのだと思い直す。

顔を合わせなかったのは、たったの一週間でしかない。

店に寄ってくれたり、純一と一緒に酒を飲んだり、銭湯で遭遇したりと、いままでちょこちょこ会っていたから、一週間が長く感じられたにすぎないのだ。

「もうこんな時間……銭湯に行かなきゃ」

すっくと立ち上がり、銭湯に行く用意を始める。

次の特売日のための新メニューを、早く考えないといけない。

それに、そろそろ秋祭りの準備も始まるころだ。

祥吾たちと一緒に、なにかできると思うと嬉しくてならない。

モヤモヤがやっとすっきりした充己は、銭湯に持っていく一式を入れた手提げ袋を持ち、軽やかに階段を下りていった。

第十二章

久しぶりに蕎麦屋を訪ねた充己は、祥吾たちと秋祭りの打ち合わせをしていた。

祥吾と会うのは五日ぶりになる。

彼に嫌われてしまったと思ったのはたんなる勘違いにすぎないようだから、これまでと変わらず楽しく盛り上がれると思っていたのに、先日と同じでなんだか余所余所しい。

言葉も普通に交わしているし、顔を見合わせて笑ったりもするのだが、なんとなく彼らしくない感じがして、充己は気になってしかたがなかった。

「で、青年部の出し物で残っているのは焼きそばで、あとは協賛物産展の手伝いがあるんだけど、羽島君はどっちがいい？」

秋祭りに関する説明を一通りしてくれた純一が、広げた資料をボールペンの先でトントンと叩きながら訊いてきた。

秋祭りに参加するのが初めてだから、どちらかを選べと言われても困ってしまう。

「純一は今年も焼きそば担当なんだろう？　だったら羽島君は純一がいる焼きそばをやったほうがいいと思うな」

口を挟んできた祥吾が、どうだと言いたげな顔で純一を見る。

初参加の身だから、知った顔がいたほうがいいのは確かだ。

そして、いまのところ商店街で仲がいいのは、純一と祥吾の二人だ。

「菊乃井さんはなにを担当するんですか?」

「俺はいつも物産展の担当なんだ」

「物産展って、どんなことをするんですか?」

焼きそばはすぐイメージが浮かんだが、物産展がピンとこないでいる充己は、小首を傾げて祥吾を見つめる。

「昔から山形(やまがた)県のA町とつき合いがあって、秋祭りのときにA町の名物を持って来てくれるんだよ」

純一が物産展について説明を始める。

商店街の中程にある広場が会場となり、一番の名物は芋煮の実演で、破格値で提供するため人が群がるらしい。

そのほかにも、その場で食べられる玉こんにゃくや牛カルビの串焼きなどがあり、地酒や笹(ささ)巻きの販売もあるとのこと。

「なんか、物産展って楽しそう」

「商店街以外の人たちもいることだし、秋祭りが初めての羽島君は焼きそばのほうがいいと思うな」

物産展を手伝おうとしたら、祥吾が止めに入ってきた。

「えー、でも、毎年お祭りで顔を合わせるようになるなら、早く打ち解けたほうがいいと思いませんか？」

「物産展は扱う商品も多いし、実演販売もあってけっこう大変なんだ。羽島君は一年目なんだし、焼きそばにしたほうがいい」

「もしかして、僕が足手まといになると思ってませんか？」

執拗に焼きそばを勧めてくる祥吾に、充己は疑いの目を向ける。

大事な仕事は任せられない、と思われているみたいで悲しい。

「いや、そんなことは……」

「僕、物産展のお手伝いをします」

祥吾が否定したところで、すかさず充己は言い切った。

押し切った者勝ちだ。

一緒になにかをするのならば、純一より祥吾のほうがいい。

純一が嫌なのではなく、祥吾となにかをしたいのだ。

「了解しましたー」

声をあげた純一が、持っていたボールペンで資料に充己の名前を書き込む。

隣から純一の手元に目を向けている祥吾は、あれだけ反対していたにもかかわらず、さほど嫌そうな顔をしていない。

（もしかして……）

初めての秋祭りで苦労をしないように、彼は気遣ってくれたのかもしれない。

そう思ったら、なんだか嬉しくなってきた。

「うん？」

店の引き戸を開ける音が響き、三人とも出入り口に目を向ける。

「こんにちは」

鈴美と制服姿の蒼吾が手を繋いで店に入ってきた。

幼稚園の帰りのようだ。

「なんでここに？」

祥吾が怪訝（けげん）な顔で鈴美を見やる。

「店でお兄さんたちと打ち合わせしてるって、純一さんが教えてくれたの」

鈴美は悪びれたふうもなく笑い、テーブルに歩み寄ってきた。

「蒼吾君、お帰りなさい」

「お兄ちゃんだー」

声をかけた充己に、蒼吾が父親の横を素通りして駆け寄ってくる。

ひしと抱きついてきた蒼吾を、ひょいと抱き上げて膝に座らせた。

無視された祥吾は機嫌を悪くするどころか、微笑ましげに蒼吾を見ている。

久しぶりに見た心からの笑顔に、引きつけられた。

優しい表情に、ときめきを覚える。

「いちおう担当は埋まったから、次の打ち合わせは集会所だな」

「組合の人がみんな集まるんですか？」

「青年部だけな」

「えっ？　そうなんですか？」

テーブルの上で資料をトントンと揃えている純一を、充己は驚きの顔で見返す。

商店街で大イベントである秋祭りなのに、そんなことがあるのだろうか。

「年寄りは高みの見物だからな」

「旦那（だんな）、相変わらず口が悪いですなぁ」

祥吾と純一が顔を見合わせて笑う。

屈託のない笑顔を見て、つい充己もつられて笑う。

「まったく、なに言ってるんだか」

立っている鈴美から呆れ気味に言われ、肩をすくめた祥吾が腰を上げる。

「蒼吾、帰るぞ」

「はーい」

祥吾が伸ばしてきた手を取った蒼吾が、充己の膝から下りた。

「じゃあ、僕も」

膝から下りた蒼吾が祥吾と手を繋ぎ、充己も椅子から立ち上がる。

すかさず蒼吾が手を握ってきた。

真っ直ぐに見上げてくる彼は、本当に愛らしい。

「私、お蕎麦を食べていくから先に帰ってて」

「店、休みじゃないか」

「特別に作ってもらうのよ」

「なるほどね」

鈴美が意味ありげに笑い、祥吾が肩をすくめる。

定休日なのに、純一がわざわざ鈴美のために蕎麦を作るということは、二人は特別な関係なのかもしれない。

もしそうなら、邪魔者は早めに退散すべきだろう。

「じゃ、また」

「失礼しまーす」

蕎麦屋をあとにし、三人で手を繋いで商店街を歩く。

外はまだ明るく、日差しも柔らかだ。

またこんなふうに、三人で散歩ができて嬉しい。

「ねー、お兄ちゃんのお弁当、また食べたいなー」

「ホントに？」

「ホントだよー、だからまたお出かけしよー」

満面の笑みで答えた蒼吾が、顔を祥吾に向ける。

「パパもお兄ちゃんのお弁当、好きでしょー？」

「ああ」

「また食べたいよねー？」

「そうだな」

祥吾が笑顔でうなずく。

子供のために、返事を合わせたのではない。

彼の顔を見れば、本心だとわかる。

ただ、また三人で出かけようと思ったら、来週の定休日を待つしかない。

そんなに待てない。

「そうだ、これからお弁当、作りましょうか？　遠くにお出かけするのは無理だけど、近くの公園とか、いやでなければウチの二階とかで食べるのはどうですか？」

「羽島君、無理しなくていいよ」

祥吾が戸惑いを露わにする。

あまりにも不躾すぎただろうか。

でも、いますぐ三人で一緒に弁当を食べたいのだ。

「ぜんぜん無理してないですよ。その代わり凝ったお弁当はできませんけど」

「でも……」

「作らせてください、二人のために作りたいんです」

「じゃあ、お言葉に甘えさせてもらうよ」

充己の気迫に負けたのか、祥吾がようやく承諾した。

「これからお弁当、食べられるのー？」

「ああ、そうだ。よかったな」

「わーい」

歓喜の声をあげた蒼吾が、大きく前後に手を振る。

久しく味わえないでいた幸福感に、再び包まれた。

定休日だから、店にある食材は限られている。

豪勢な弁当はとうてい無理だけど、彼らのために丹精込めて作ろう。

嬉しくてたまらない充己は、蒼吾と繋いだ手を大きく振りながら歩いていた。

＊＊＊＊＊

弁当が出来上がって、さてどこで食べようかとなったとき、祥吾に部屋のほうが落ち着くと言われ、店の二階に上がってきた。

六畳一間で、小さな座卓があるだけで、座布団の一枚もない。

でも、自分から近くの公園かウチの二階でと言ってしまった手前、引っ込みがつかなかったのだ。

とはいえ、祥吾と蒼吾は狭くて殺風景な部屋を気にしたふうもなく、作りたての弁当をわいわい言いながら楽しく食べた。

そうして、弁当を食べきって満腹になった蒼吾は、ふと気がつけば畳の上に仰向け（あおむ）けで寝てしまっていた。

「毛布、出しますね」

充己は慌てて立ち上がり、押し入れから毛布を引っ張り出す。

風邪（かぜ）を引いたら大変だ。

子供には大きすぎるから、毛布を二つ折りにする。

「蒼吾を抱いてるから、下に敷いてくれるかな」

「はい」

充己は座卓を少しずらし、二つ折りにした毛布を畳に敷く。

すると、祥吾は毛布の片側に蒼吾を寝かせ、余った毛布を顔にかぶらないよう少しずらしてかけてやった。

「面倒かけて申し訳ない」

「とんでもない、お弁当を喜んでもらえてよかったです」

座卓を挟んで座り直す。

「温かいお茶も出せなくてすみません」

「これで充分だよ」

座卓に置いてあるペットボトルのキャップを、祥吾が指先でトントンと叩く。

広い屋敷で暮らす彼の目に、ここはどんなふうに映っているのだろう。

借りるにあたって手は入れたけれど、天井や窓枠は昔のままだ。

彼の暮らしぶりを知っているから、ちょっと恥ずかしかった。

「なんか、ここは落ち着くな」

「そうですか?」

「ああ、人の家とは思えないくらい居心地がいい」

和服姿で片膝を立てて座っている彼が、しみじみと狭い部屋を眺める。

確かに彼はすっかり馴染んでいるように見えた。

毛布に包まって寝ている蒼吾、寛いでいる祥吾。

まるで家族になったみたいで、幸せを感じる。

祥吾と蒼吾が、自分を幸せにしてくれるのだ。

自分の店を持ち、商店街の一員として頑張る日々は充実している。

でも、彼らと三人で過ごしているときの充実感ははるかに大きい。

「寝相の悪い子だな……」

毛布から足を出している蒼吾を見て笑った彼が、そっとかけ直してやる。

彼らをずっと見ていたい。

彼らのそばにずっといたい。

強い思いが湧き上がってくる。

祥吾と会えなかったり、素っ気なくされて不安を覚えたのは、二人がなくてはならない存在になっていたからだといまになって気づいた。

（このまま……）

いつまで、こうして三人で過ごせるのだろう。

楽しい時間をこれからも続けるには、どうすればいいのだろう。

かけがえのない人たちだと気づいてしまったから、いつか終わりがくるのだと思うと不安になった。

「菊乃井さんって、秋祭りのときも和服なんですか？」

充己自ら話題を振ったのは、不安を払拭（ふっしょく）したかったからだ。

「そうだけど？」

「菊乃井さんの和服姿って格好いいから、お祭りで着ていたら目立つでしょうね」

さりげなく和服を着こなせる彼が羨ましい。

初めて会ったときの和服姿が、今も目に焼き付いている。

洋服姿も格好いいけれど、和服を着ているときのほうが充己は好きだった。

「お褒め頂いて光栄です」

冗談めかした彼が、明るい声で笑う。

余所余所しさのかけらもない本当の笑顔に、胸がトクンとなる。

「そうだ、秋祭り用に揃いの着物を誂（あつら）えないか？」

「着物ですか？」

いきなりなにを言うのかと、充己はきょとんと彼を見返す。

「年に一度の秋祭りなんだ、蒼吾と三人で揃いの着物を作ろう」

「でも、着物なんて高価すぎて……」

一瞬、揃いの和服を着て三人で手を繋いで歩く姿が頭に浮かび、楽しそうと思ってしまった。

けれど、和服を誂える余裕などあるわけがない。

「お金のことは気にしなくていい」

「そうはいきません」

充己はきっぱりと拒んだ。

和服の値段などよく知らないけれど、コロッケをひとつサービスするのとはわけが違うことくらいは理解している。

「じゃあ、出世払いでどうだ？」

「出世払い？」

「羽島君の〈元気印〉が商店街一の人気店になったら、ど－んと一括払いってことで」

真顔で言った彼を、訝しげに見つめる。

「そんなのいつになるか、わからないじゃないですか」

「人気店になる日は近いと俺は思っているんだ」

「ホントですか？」

「どれも抜群に美味いし、店主のウケもいいからな」

いつになく彼の口が軽い。

そんな軽快なやり取りが楽しくてしかたない。

祥吾と話をしているだけで、気分がどんどん昂揚していく。

三人で揃いの和服を着る機会など滅多にない。

いまを逃したら絶対に後悔する。

「じゃあ、出世払いでお願いします」

覚悟を決めた充己は、ささっと正座をして頭を下げた。

「反物選びは俺に任せて」

「もちろんです」

大きくうなずき返した充己を、彼が嬉しそうに目を細めて見つめてくる。

優しい眼差しに、胸のドキドキが止まらない。

他の誰よりも自分を惹きつける、かけがえのない祥吾。

たいせつな、たいせつな人。

いったい、どうやったらこの思いを彼に伝えられるのだろう。

微笑む祥吾と顔を見合わせながら、充己は胸いっぱいに膨らむ思いを持て余していた。

第十三章

ついに、〈紅葉通り商店街〉きってのイベント、秋祭りの日がやってきた。

祭りは土曜日と日曜日の二日間。

出し物を担当するのは、どちらか一日だ。

青年部の多くは店主が親だったり、店主であっても従業員がいたりするので、店を休むことはない。

ひとりで店を切り盛りしている充己は、どう足掻いても営業は不可能だから、臨時休業を決めた。

一日分の稼ぎが減るのは痛手だが、明日、頑張って売上げを伸ばせばいいだけのことと割りきっていた。

充己は祭りが始まる一時間前に〈菊乃井〉を訪ね、祥吾に揃いの和服を着付けてもらい、同じく和服を着た蒼吾と三人で物産展会場に向かっている。

和服のことはなにもわからないので、反物選びからすべてを祥吾に任せた。

一度だけ〈菊乃井〉に行って採寸をしてもらっただけで、今日までどんな着物が仕上がってくるのか、まったく知らなかったのだ。

祥吾が選んだのは縞(しま)模様が美しい銀鼠色(ぎんねずいろ)の結城紬(ゆうきつむぎ)で、しっとりと落ち着いた印象だった。

祥吾は山吹色(やまぶきいろ)の角帯をきっちりと締め、充己と蒼吾は色違いの兵児帯(へこおび)を結んでいる。

最初に見たときは、蒼吾と三人で着るのに、こんな地味な色合いでいいのだろうかと疑念を抱いた。

けれど、鮮やかな青い兵児帯を結んでみたらとっても可愛らしくなり、疑念など一瞬にして吹き飛んだ。

充己のために祥吾が選んだ兵児帯は渋めの臙脂色(えんじいろ)で、地味でも派手でもなくしっくりと馴染んでいた。

祥吾たちと同じ着物を着て歩くのは少し恥ずかしかったけれど、自分だけが特別な気がして嬉しい思いもある。

いったい、今日はどんな一日になるのだろう。

充己は朝からわくわくしっぱなしだ。

会場となる広場は、物産展のセッティングが前日にすませてあり、祭り当日にＡ町の人たちが商品を陳列し、芋煮を作り始めることになっている。

毎年の恒例行事で慣れているということもあり、陳列や仕込みは前日から上京しているＡ町の人たちが行い、青年部の物産展担当者は祭りが始まってから販売を手伝うのだ。

「おそろい、おそろい……」

揃いの和服を着て弾むように歩く蒼吾は、充己に負けないくらい上機嫌だ。

商店街の各所に設けられている出店では、揃いのトレーナーを着た青年部の面々が仕込みに追われていた。

優雅に和服を着て三人で歩いているのが恥ずかしいだけでなく、ちょっとばかり申し訳なく感じる。

周りの目を気にしつつ足を進めると、段ボール箱を抱えた年配の女性が広場から足早に出てきた。

「あらー、〈菊乃井〉の旦那さん、今日はまた洒落たお着物で……あらま、坊ちゃんもお揃いで可愛いこと」

女性が段ボール箱を抱えたまま和服姿を褒め、祥吾と顔を見合わせる。

「お元気でしたか？」

「おかげさまで。今年もよろしくお願いします」

女性が笑顔で会釈をした。

蒼吾のことを知っているくらいだから、女性は何年も前から秋祭りに参加しているのだろう。

朗らか（ほが）で愛想がいいから、すぐに仲良くなれそうだなと思っていたら、祥吾が充己の背にそっと手をあててきた。

「彼は今年から商店街で惣菜店を始めた〈元気印〉の羽島君です。俺と一緒に物産展を担当しますのでよろしくお願いします。羽島君、こちらはA町で玉こんにゃくを作っている相川さん」

「はじめまして、羽島です。よろしくお願いします」

紹介してもらった充己は、にこやかに挨拶をした。

「こちらこそ、どうぞよろしく。あら、よく見れば羽島さんもお揃いの着物なのね。みなさんとっても素敵」

改めて充己を見た相川が、楽しそうに笑う。

「ありがとうございます」

素直に礼を言ったが、少し面映ゆい。

「こんな地味な色でも、若い人や子供が着て違和感ないものなのね？　蒼吾君、とってもよく似合ってるわよ」

ニコニコしていた蒼吾が、顔見知りの相川に頭をポンポンと優しく叩かれて得意げな顔をした。

褒められるのは誰でも嬉しい。

それが、父親に誂えてもらった着物なのだから有頂天にもなる。

準備で忙しそうな女性と別れ、まだ入場制限をしている会場に三人で入っていく。

「揃いの着物の評判はまずまずのようだな。いい宣伝になりそうだ」

祥吾が満足げに笑う。

（そうか……）

三人で揃いの着物を着た姿が、今日は多くの人目にとまる。

彼は着物離れを嘆いていたから、少しでも興味を持ってくれる人が現れるといいなと、充己はそんなことを思っていた。

「みなさん、おはようございます。今年もよろしくお願いします」

会場の中程で声を響かせた祥吾を、テントの中や外で準備に追われていた人たちが手を止めて注目する。

「よろしくー」

「こちらこそ、よろしくです」

あちらこちらから、元気な声が飛んできた。

「青年部の羽島です。今回、初めて秋祭りに参加します。至らないところがあると思いますが、よろしくお願いします」

充己は持ち前の明るさを発揮し、A町の人たちに挨拶をして回る。

みな人当たりがよく、すぐに打ち解けた。

「芋煮はどうですか？」

「もうバッチリよ」

「じゃあ、開場しますね」

「はーい、よろしく」

物産展名物の芋煮が完成し、会場の入場制限が解かれる。

芋煮を求めてすでに並んでいた客たちが、列をなして入ってきた。

「羽島さーん、こっち手伝ってもらえますかー」

「はーい」

相川に呼ばれ、充己は駆け寄っていく。

玉こんにゃく売り場も、人の列ができていた。

横長の台の上に大鍋が二つ並んでいて、醤油(しょうゆ)色の液体の中に串に刺した玉こんにゃくが数え切れないほど入っている。

「いい匂い……」

「あとで食べさせてあげるから、こっち来て」

味見は後回しにして早く手伝えとばかりに、相川が充己の腕を引っ張ってきた。

「お持ち帰りはこのパックに入れて辛子(からし)を添えて、食べていく人にはこの上で辛子をつけてあげてから渡してちょうだい」

「わかりました」

笑顔でうなずいた充己を、相川がじっと見つめてくる。

「せっかくの着物が汚れたら台無しね。ちょっと待ってて」

充己から離れた相川がテントの隅に行き、長い紐を手に戻ってきた。

「これなら安心でしょ」

充己の背後に回った彼女が、紐をたすき掛けにして着物の袂をたくし上げてくれる。

七五三のとき以来、和服を着たことがないから、たすき掛けをしたことがない。

汚れないように気を遣ってくれた相川には感謝しかない。

「ホントは割烹着のほうがいいんだけど用意してないのよ、ごめんなさいね」

「とんでもない。ありがとうございました」

「じゃあ、よろしくね」

充己に売り子を任せた相川がテントの中に置いたコンロに大鍋を載せ、新たな玉こんにゃくを煮始める。

小ぶりの丸いこんにゃくが五個で、一串、百五十円。

いったい、一日で何本を売り上げるのだろうか。

商売人としては気になるところだ。

「五本ください」

「はーい、五本ですね」

注文を受けた充己は、さっそくパックを掌に載せて玉こんにゃくを入れていく。

「あちーっ」

パック越しに熱が伝わり、慌てて台の上に下ろした。

その瞬間、煮汁がピチャッと跳ね、充己は慌てて腰を引く。

祥吾が誂えてくれた揃いの着物なのだから、絶対に汚したくない。

(気をつけないと……)

自らに言い聞かせつつ、注意深くパックに手を添えた。

「大丈夫ですか?」

「すみません、まだ慣れてなくて……」

客に心配されてしまった充己は照れ笑いを浮かべつつ、玉こんにゃくを入れたパックを輪ゴムで閉じて辛子の小袋を添え、白いレジ袋に入れる。

「七百五十円になります」

商品を渡して代金を受け取り、釣り銭を渡す。

扱う商品が違うからちょっと戸惑ったけれど、やり取りは慣れたものだ。

「ありがとうございましたー」

「一本ずつお願いします」

「はーい、熱いから気をつけてくださいねー」

バットに二串ならべて辛子をつけ、そのまま客に差し出す。

「二人分一緒に」

「はい、二百円のお返しになります。ありがとうございました」

玉こんにゃくの串を手に立ち去る客を見送る。

そういえば、祥吾と蒼吾はどこにいるのだろう。

あっという間に会場は客で埋め尽くされ、彼らを見つけることができない。

せっかく三人で来たのに、一緒に手伝いができなくて残念だ。

けれど、そんなことを考えている暇もない。

「持ち帰りで五本と二本はそのままで」

「はい、少々お待ちください」

ひっきりなしに客がやってくる。

隣ではA町の人が対応しているのだが、充己と二人でも客が多くて捌(さば)くのが大変だ。

「相川さーん、串があと二十本くらいでなくなりまーす」

「やだ、もうなくなりそうなのー？　ちょっと待ってー」

後ろで玉こんにゃくを煮ている相川が嬉しい悲鳴をあげ、バタバタと慌ただしく動く。

「芋煮はいかがですかー」

遠くから子供の可愛らしい声が聞こえてきた。

そのすぐ後には、聞き覚えのある男性の声が響き、充己は思わず頬を緩める。

（蒼吾君と菊乃井さんだ……）

どうやら祥吾たちは、芋煮の売り場を手伝っているようだ。

持ち場はバラバラになってしまったけれど、一緒に秋祭りを盛り上げていることに変わりはない。

祥吾たちも頑張っているのだから、負けてはいられない。

こんなにもやる気が出てくるのは、かけがえのない祥吾と一緒に頑張っているのを実感しているから。

「美味しい、玉こんにゃくはいかがですかー」

充己は祥吾たちに届けとばかりに、威勢よく声を張り上げた。

「元気いいわね、その調子で頑張って」

「はい」

声をかけてきた相川を振り返り、笑顔で返事をした充己は、物産展での売り子を存分に楽しんでいた。

＊＊＊＊＊

秋祭り自体は午後九時までなのだが、物産展は七時で店じまいをすることになっているため、少し早くお役御免となった充己は、ひとり商店街をぷらぷらと歩いている。

「あっ、チョコバナナ……」

フルーツパーラーの前で、さまざまなカットフルーツと一緒に串に刺したチョコバナナを売っていた。

「菊乃井さん、まだ戻ってきそうにないし……」

充己はフルーツパーラーに足を向ける。

物産展の手伝いが終わったあと、二人で秋祭りを楽しもうということになった。けれど、蒼吾を夜遅くまで連れて歩けないため、母親に預けてくると言って祥吾はひとまず家に帰ったのだ。

「チョコバナナをひとつください」

袂から小銭入れを取り出し、代金を用意する。

「あれ？　羽島君？」

「こんばんは」

名前を呼ばれてハッと顔を上げると、店主の田中(たなか)が売り子をしていた。

「和服、似合ってるね」

「ありがとうございます」

田中に真顔で言われ、照れくさくなる。

「はい、どうぞ」

「田中、俺にも一本」

真横から聞こえた声に、充己はギョッとしてチョコバナナを落としそうになった。

「菊乃井さん……」

こんなに早く彼が戻ってくるとわかっていたら、子供っぽいチョコバナナは買わなかったのにと、いまさらながらに後悔する。

「一緒に払うよ」

「毎度あり」

笑った田中が、祥吾に釣り銭を渡す。

「うん？　揃いの着物か？」

並んで立っている充己と祥吾を、田中が訝しげに見てくる。

「似合ってるだろう？　秋祭りに合わせて誂えたんだ」

「で、なんで羽島君と揃いなワケ？」

「野暮なこと聞くなよ。じゃあな」

軽く受け流した祥吾に促され、チョコバナナを持ったまま商店街を歩く。

田中の目には、揃いの着物を着た姿が妙に映ったようだ。

着物姿の蒼吾がいれば、そんなこともなかったのだろうか。

行き交うひとたちの目に、自分たちはどう見えているのだろうか。

蒼吾がいないことで、午前中より周りの目が気になる。

「こういうの好きなのか？」

ちらっと見てきた祥吾が、チョコバナナにパクリと噛みつく。

「いえ、食べたことがないから、ちょっと買ってみようかなって……」

恥ずかしくてたまらない。

あからさまに馬鹿にしてきたわけではないけれど、絶対に子供っぽいと思っている。

彼が戻ってくるのをおとなしく待っていればよかったと、充己は後悔しきりだ。

「けっこう美味いな」

「ご馳走になります」

代金を払ってくれた彼に軽く頭を下げ、チョコバナナを齧る。

甘くて美味しいはずなのに、なんの味もしない。

「童心に帰ってこういうのを買い食いできるのも、秋祭りならではだな」

彼はパクパクとチョコバナナを食べていく。

そんな彼の様子を見て、自分はいろいろと考えすぎなのだと気づいた。

祭りは楽しむためにある。

祥吾と一緒にいられる時間は短い。

思い切り楽しめばいいのだ。

「ビール飲むか？」

「はい」

蒼吾がビールを買ってくれる。

ビールが満たされた紙コップを手に、チョコバナナを食べながら歩く。

「この組み合わせはいただけないな。口直しに……」

祥吾があたりを見回す。

さまざまな出店があり、食欲をそそる香りがあちらこちらから漂ってくる。

「あっ、フランクフルトがありますよ」

「それにするか？」

「はい」

食べ終えたチョコバナナの串をゴミ箱に捨て、二人でフランクフルトを売っている店に向かう。

鉄板で焼いているのは、煎餅(せんべい)屋の店主だ。

「親父さん、フランクフルト二本」

「なんだい、菊乃井の旦那じゃないか」

「もう一杯やってるんですか？　顔が赤いですよ」

「祭りなんだから、酒くらいいいだろ」

「確かに。でも、もう歳なんだからほどほどに」

古いつき合いの彼らは、軽快にやり取りする。

聞いているだけで楽しい。

「うん？　誰かと思えば〈元気印〉のお兄ちゃん」

「こんばんは」

「着物、似合ってるねぇ」

「ありがとうございます」

赤ら顔の店主に礼を言った充己は、支払いをしている祥吾の横からフランクフルトを受け取る。

「ケチャップとマスタードはどうする？」

「マスタードだけでいいです」

「そうなんだ？　俺と同じだな」

ちょっと嬉しそうに笑った祥吾が、充己が持っているフランクフルトにマスタードをかけていく。

「はい、どうぞ」

「ありがとう」

「あの……お金、あとでまとめて払いますので……」

恐縮気味に祥吾を見つめる。

チョコバナナの代金だけならまだしも、ビールやフランクフルト代まで彼に払わせるわけにはいかない。

「いいんだよ。これまでのお礼だ」

「これまでって？」

「特別に弁当を作ってもらっただろう」

「でも、あれは僕が言い出したことで、材料費だってそんなにかかってないですから……」

「俺たちのために弁当を作ってくれて嬉しかったんだよ。だからお礼がしたいんだ」

祥吾の言葉に胸がジーンと熱くなる。

こんなふうに喜んでくれる人は祥吾の他にいない。

彼が喜んでくれるのが一番、嬉しい。

充己は幸せを嚙みしめる。

「じゃあ、遠慮なくご馳走になります」

笑顔を向けた充己は、フランクフルトを食べ、ビールを飲みながら人でごった返す商店街を歩く。

出店に立っているのは、知った顔ばかり。

商店街の人たちに早く馴染めたのは、祥吾がいてくれたからだ。

店に立ち寄り、店主たちと世間話をし、二杯目のビールを買い、フランクフルトに続いて焼きトウモロコシを食べる。

「楽しいですねぇ……こんな楽しいお祭りは初めてです」

「少し顔が赤いな？　もう酔ったのか？」

ふと足を止めた祥吾が、充己の顔を覗き込んできた。

「そうかも……ビールもまだ残ってるし、ウチの二階で腰を下ろして飲みませんか？」

すぐそこに見える店を、充己は軽く指さす。

秋祭りが楽しくて、はしゃぎすぎたのかもしれない。

それに、歩きながらビールを飲んだから、いつもより早く回ってしまったみたいだ。

「そうだな」

うなずいた祥吾と店の裏に回り、玄関を開けて階段を上がる。

空気を入れ替えようと窓を少し開けたら、祭りの喧噪が流れ込んできた。

「どうぞ」

畳に片膝を立てて座った祥吾が、座卓に持っている紙コップを下ろす。

着物なのでなんとなく正座をした充己は、座卓に置いた紙コップを両手で挟み、小さく息を吐き出した。

「はぁ……」

「どうした、ため息なんかついて」

「お祭りって楽しいですねぇ……食べ歩きなんて久しぶりだから、チョコバナナもフランクフルトも焼きトウモロコシも、ぜーんぶ、美味しかったです」

「実は俺も久しぶりなんだ」

「えーっ、そうなんですか?」

祥吾の思いがけない言葉に、充己は目を瞠る。

蒼吾と一緒になって、食べ歩いているものとばかり思っていた。

「子供の世話をしながらだと、自分は食べる暇もないんだよ」

「そうなんですねぇ……」

言われてみると、なんとなく想像がつく。

妻が一緒にいるならまだしも、彼はひとりで蒼吾の面倒をみている。

小さな子は手に持ったものを落としそうになったり、口の周りや服を汚したりするから、食べ歩きどころではないのだろう。

「そういえば、蒼吾君、先に帰らされて愚図ならなかったんですか？」

「ああ、珍しく聞き分けがよかったな。朝から物産展の会場ではりきってたから、さすがに疲れたんだろう」

紙コップのビールを呷った彼が、笑って肩をすくめた。

蒼吾がおとなしく帰ってくれたから、こうして祥吾と二人きりの時間を過ごすことができている。

普段ならあり得ないことだからとても嬉しいけれど、蒼吾に申し訳ない思いもあった。

「今度は蒼吾君と三人で食べ歩きができるといいですね」

「蒼吾の面倒をみながらだと気が気じゃないと思うぞ」

祥吾が肩を揺らして笑う。

充己は三人で過ごした時間が忘れられない。

彼らといると、温かで、豊かで、穏やかな気持ちになる。

これまで一度として味わったことがない気持ち。

可愛くてたいせつな蒼吾と、かけがえのない祥吾。

彼らの存在が自分の中でどんどん大きくなっていっている。

この思いを、祥吾に伝えたい。

（本当に楽しかったよなぁ……）

祥吾を見つめつつ遊園地に行ったときのことを思い出した充己は、痺れ始めた足をさりげなく崩そうとした。

「あっ……」

「大丈夫か」

着物の裾に足を取られて派手にバランスを崩した充己の腕を、咄嗟に手を伸ばしてきた祥吾が掴む。

「あっ……」

祥吾の顔が目と鼻の先にある。

（なんで……）

胸が急にドックンドックンと高鳴ってきた。

頬も、耳も、祥吾に掴まれている腕も熱くてたまらない。

それに彼の瞳がやけに熱く感じられる。

逸れることのない真っ直ぐな視線に、ますます体温が上がっていった。

「す……すみません……」

急激な恥ずかしさに襲われた充己は、剝き出しになってしまった足をそそくさと着物の裾で隠す。

「羽島君……俺は……」

正座をした祥吾が、思い詰めたような表情で見つめてくる。

いつもと違う彼を目にして、慌てて正座をしたけれど鼓動は速いままだ。

どうして、こんなにドキドキしているのだろうか。

今日の祥吾はいつもと違うし、自分もなんだか変だ。

彼と目を合わせるのが恥ずかしいのに、視線を逸らすことができない。

「俺は君に迷惑がかかると思って諦めるつもりでいたけど……」

いったん言葉を切った彼が、意を決したように息を吐き出し、再び口を開く。

「俺は君が好きだ。店のことで一生懸命な君も、一緒に商店街を盛り上げようとしてくれる君も、蒼吾と遊んでくれている君も……全部が好きなんだ」

「えっ？」

あまりにも突然の告白に、充己はぽかんと口を開ける。

「君と三人でいると本当に心が穏やかでいられて、君はまるで家族みたいで、君となら幸せな家族になれそうな気がして……」

胸の内を吐露する祥吾を、充己はただただ驚きの顔で見つめた。

「でも、俺の気持ちを知ったら君は嫌な思いをするんじゃないかって……だから諦めるつもりでいたんだ」

彼が唇を噛みしめる。

急に彼が余所余所しくなったのは、気遣ってくれたからなのだ。

まさかそんな理由だったなんて、想像もできなかった。

嫌われていたわけではなかったのだ。

（家族みたい……）

祥吾が口にした言葉を、充己は噛みしめる。

蒼吾と三人でいるときに幸せを感じるのも、自然体でいられるのも、家族みたいな存在になっていたからだ。

いまではかけがえのない存在になっている祥吾が、自分と同じように思ってくれていたとわかり、嬉しさが胸いっぱいに込み上げてくる。

「あの……実は僕も……」

「うん？」

祥吾が真剣な眼差しを向けてくる。

「菊乃井さんたちといると家族みたいでいいなって……」

「ホントに？」

「だから、ずっと一緒にいられたらいいなって、前からそう思ってて……菊乃井さんも蒼吾君も、僕にとってかけがえのない存在で……」

「羽島君……」

感極まった声をもらした祥吾が、優しく充己の両腕を摑んできた。
熱を帯びた瞳に捕らえられ、気恥ずかしいのになぜか身体の熱が勝手に高まる。
彼はこんなにも自分のことを思っていてくれた。
瞳から伝わる彼の思いに、喜びが溢(あふ)れてくる。
「好きだ……」
そう言って微笑んだ祥吾が、火照る頬に片手を添えてきた。
彼から目が離せない。
充己は唇を閉じたまま彼を見つめる。
「……っ」
親指の腹で唇をそっとなぞられ、こそばゆさに肩が震えた。
見つめ合う彼の顔が、どんどん近づいてくる。
ドキドキが最高潮に達し、充己はきゅっと目を閉じた。
次の瞬間、唇が触れ合う。
「んんっ……」
生まれて初めてのキス。
一瞬にして、充己は硬直する。
片腕に抱き込んできた彼に、ゆるゆると畳に押し倒された。

どうしようと思う間もなく身体を重ねられ、唇を貪られる。

「んっ……んんっ……」

キスを繰り返し、そして、舌を差し入れてきた。

搦め捕られた舌をきつく吸われ、胸の奥が熱く疼く。

不思議なことに、嫌だとか、怖いとかいった感情は湧いてこない。

「充己、君が好きだ……」

熱く囁いた彼が、再びキスしてきた。

名前を呼ばれたのが嬉しくて、ごく自然に唇を受け止める。

「んっ……」

いつまでもキスが続く。

所在なげに投げ出している充己の手を握り、深く深く唇を重ねてくる。

永遠に感じられるほどの長いキスに、次第に身体から力が抜けていく。

「あふっ」

唇を重ねたまま指を解いた彼が、着物の裾を捲り上げてくる。

直に内腿を撫でられ、背筋がぞくりとした。

「はふっ……」

充己は思わず顔を背け、キスから逃れる。

でも、祥吾は気にしたふうもなく、そっぽを向いた充己の首筋を啄み始めた。

内腿を撫でてくる彼の手はどこまでも優しい。

彼に触れられるそこかしこが、熱を帯びてざわめいていた。

「君が同じ思いでいてくれたのが嬉しくて……」

耳をかすめた吐息交じりの声に、充己は胸がジーンとなる。

互いの思いが通じ合ったのだと思うと、嬉しくてたまらなかった。

「充己……」

大きな手で腿をやわやわと撫でられ、柔肌を啄まれ、こそばゆさに身を捩る。

「ごめん、もう我慢できない……」

切羽詰まった声をもらした祥吾が、充己の下着に手をかけてきた。

さすがに慌てて彼の手を摑んだけれど、あっさりと払われ抵抗は虚しく終わる。

祥吾が好き。

キスされるのも嬉しい。

でも、その先のことを考えると怖いのだ。

「菊乃……っ」

指先で唇を押さえられ、声を封じられた。

「祥吾だ」

間近から見つめてきた彼が、そっと唇に触れている指を遠ざける。

「祥吾さん……」

「充己……」

再び唇を重ねてきた彼が、改めて下着に手をかけてきた。

お互いの気持ちが同じだと知ったばかりだ。

いくらなんでも早すぎる。

頭ではそう思っているのに、彼を押しのけられないでいた。

（どうして……）

自分でも理由がわからないけれど、抗うだけの気力がないのだ。

「はっ……」

下着を下ろした彼に己を握り取られ、充己は腰を大きく跳ね上げる。

自分以外、誰も触れたことがない場所だ。

「しょ……祥吾さん、待って……」

「もう無理だ」

あっさりと言い返され、充己は愕然(がくぜん)とする。

彼を止めることはできそうにない。

でも、自力で彼の下から抜け出すのは無理だ。

「あぁ……あっ……」

己をやわやわと揉み込まれ、手脚に力が入らなくなる。

他人の手で扱かれているのに、心地よく感じているのが信じられない。

そればかりか、早くも熱く脈打ち始めた己が、祥吾の手の中で頭をもたげてきた。

「よかった……ここは素直だな」

安堵の声で耳をくすぐってきた彼が、己を握る手の動きを速めてくる。

巧みに動く指に感じる場所を攻め立てられ、瞬く間に己が完全に力を漲らせた。

「充己……好きだ」

愛撫に身体を震わせ、甘い囁きにも震える。

まるで自分の身体ではないみたいだ。

こんなにも感じてしまうなんて、どうかしている。

「んんっ」

熱い吐息がこぼれる唇を奪われ、搦め捕った舌を強く吸われ、頭がクラクラした。

彼の鼓動がはっきりと伝わってくる。

自分と同じくらい速い鼓動に、彼がどれほど昂揚しているかを悟った。

祥吾は自分を求めている。

誰かから、こんなふうに求められたことなどない。

祥吾の熱い思い。

彼が好きだから、彼の気持ちに応えたい。

そんな気持ちが、胸の内に湧いてくる。

「祥吾さん」

充己は自ら彼の背に両の手を回した。

「充己？」

彼が弾(はじ)かれたように顔を上げる。

驚きに目を丸くしている彼に、目を細めてうなずいてみせた。

「充己……」

嬉しそうに笑った彼が起き上がり、充己の兵児帯を解き始める。

和服の扱いに慣れている彼には、洋服を脱がすより楽なのかもしれない。

ふと気づけば着物の前がはだけ、彼の目に肌を晒していた。

銭湯で全裸を見られているのに、恥ずかしくてたまらない充己は両手で顔を覆う。

「充己は可愛い……」

充己の足を割ってあいだに入ってきた彼が、硬くなったままの己を握る。

舞い戻ってきた快感に、腰がヒクンと跳ねた。

「ひっ……」

敏感な鈴口に指をあてがってきた彼に撫で回され、あまりの心地よさに浮かせた腰がゆらゆらと揺れる。

「あぁ……」

溢れ返る快感に甘ったるい声をもらし、我を忘れて淫らに腰をくねらせた。

彼の指はくびれ、裏筋、つけ根、双玉と、絶え間なく動き回る。

早くも、馴染みのある感覚が下腹の奥から迫り上がってきた。

「やあ……もっ……」

こんなふうに達してしまうなんて、あまりにも情けなさすぎる。

でも、セックスの経験もなくて、自慰しか知らないのだから、一方的に与えられる強烈な快感に堪えられるわけがない。

「お願い……もぅ、むり……」

限界がすぐそこまで来ている充己は、祥吾にしがみつく。

吐精したい衝動から、無意識に腰を前後させる。

「わかった」

短く答えた彼が、身を屈めてきた。

どうするのだろうと思う間もなく己を咥えられ、充己に衝撃が走る。

（うそっ……）

祥吾が己を口に含んでいるなんて、夢か幻としか思えない。

「ひゃぁ……」

絡みついてきたねっとりとした舌に己を締め付けられ、充己は仰け反って身悶える。

「……っ」

あまりにも唐突な口淫が衝撃的すぎて、息が止まりそうだ。

羞恥の極みに達し、両手で彼の頭を押しやる。

でも、彼は頑なに口を放さない。

そればかりか、邪魔をするなとでもいうように、充己の手を摑んできた。

抵抗を封じられ、為す術もない。

「あぁぁ……あっ……」

唇で根元をきつく締めつけると、そのままくびれに向けて引き上げていく。

味わっているのは、まったく未知の快感。

「あっ、あああぁ……」

窄めた唇で幾度も己を扱かれ、浮き上がった腰が小刻みに震える。

「んんっ」

とうに限界を超えていた己が、呆気なく彼の口内で弾けた。

「あああっ……」

畳に広がる着物を手繰り寄せ、思い切り背を反らす。

初めて味わう口淫による吐精は、とてつもない快感をもたらした。

うっとりと目を閉じた充己は、ひとり余韻に浸る。

「充己？」

祥吾に呼ばれ、一瞬にして我に返った。

だらしなく手脚を投げ出して呆けている充己を、足のあいだで正座をしている彼が愛しげに見つめてくる。

唾液に濡れた彼の唇に羞恥を煽られ、真っ赤に染まった顔を背けた。

「す……すみません……」

「気持ちよかったんだろう？」

申し訳なさでいっぱいの充己の顔を、身を乗り出した祥吾が覗き込んでくる。

そんなことを訊かれても、答えられるわけがない。

「答えてくれないのか？」

しつこく訊いてくる彼に、しかたなく顔を背けたままうなずき返す。

答えたのに彼はなにも言わない。

気づいてもらえなかったのだろうかと、恐る恐る顔を正面に戻すと、着物を脱ぎ捨て全裸になった彼が身体を重ねてきた。

「よかった……」

安堵の囁きが耳に心地いい。

直に触れ合う肌の温もりもまた心地いい。

このまま抱き合っていたら、さぞかしよい眠りにつけることだろう。

でも、それは許されそうになかった。

尻に手を滑り落とした彼が、指先で秘孔に触れてくる。

「あっ……」

充己は思わず身を強ばらせた。

男同士のセックスがどんなものかくらい、いくらなんでも知っている。

知っているからこそ、恐れをなしたのだ。

「力を抜いていてくれないか」

優しく言った彼が、指先で秘孔を撫で回してくる。

気持ちいいとは言いがたく、どんどん身体が強ばった。

それでも祥吾は諦めることなく、ゆるゆると指を秘孔に入れてくる。

嫌な異物感に、思い切り顔をしかめた。

「少しだけ我慢してくれ」

祥吾が硬い窄まりの奥へと、さらに指を進めてくる。

どんどん異物感が強くなっていく。

充己は顔をしかめたまま、両手で祥吾にしがみついた。

「んん……」

柔襞（やわひだ）を割った指が、奥深くまで入り込んでくる。

指を抜き差しされ、擦られる柔襞がむず痒（がゆ）い。

心地いいのか悪いのかわからない感覚に、ただ顔をしかめるしかなかった。

「はぅ……」

奥深くまで穿（うが）たれた指が動いた瞬間、下腹の奥で衝撃が起こり、全身が激しく震え出す。

「やっ……やっ、やっ……なに……」

広い背に爪（つめ）を立て、彼から逃れようと身を捩る。

それでも彼は指を動かし続けた。

昇り詰めたときと同じ感覚が、何度も起こっている。

目の前を閃光（せんこう）が走り抜けていった。

でも、吐精はしていない。

同じ感覚を、一方的に味わわされているのだ。

快感が強烈すぎて苦しい。

「もうよさそうだ」

声が耳をかすめると同時に、秘孔を貫く指がそっと引き抜かれる。

「はぁ……」

「充己、挿れるよ」

休む間もなく俯せにされ、腰を高く引き上げられた。

尻を突き出す格好を恥ずかしがる余裕もなく、祥吾が怒張を秘孔に突き立ててくる。

「うっ」

一瞬にして息が詰まる。

「ううぅ」

灼熱の楔で貫かれ、苦しくて声にならない。

それなのに、彼はググッと腰を押し進めてきた。

柔襞を引き裂かれる痛みに、堪えきれない涙が溢れてくる。

痛みが強すぎて思考が止まった。

「ふ……ぁ」

先ほど達した己を握られ、さらには緩やかに扱かれ、ブルッと身体を震わせて充己は我に返る。

恐ろしいことに、瞬く間に握られた己から快感が湧き上がってきた。

後ろで感じている激痛と、己で渦巻く快感がない交ぜになる。

痛いのか気持ちいいのか、さっぱりわからない。

どうして、こんな辛い思いをしなければいけないのだろう。

「辛いか？」

祥吾に問われ、思わず首を左右に振った。

我慢できそうにないほどの痛みなのに、否定した自分が信じられない。

「一瞬だけ我慢してくれ」

そう言うなり抱きついてきた彼が、充己もろとも畳に横になる。

繋がっている秘孔に激痛が走り、悲鳴をあげそうになったが、どうにか堪えた。

「動くぞ」

背中越しに抱きしめている彼が、そう言うなり腰を使い始める。

いきなり熱の塊で奥を突き上げられ、同時にいまにも弾けそうな己を扱かれ、痛みと快感に飲み込まれていく。

「ああ、充己、たまらない……」

祥吾の感じ入ったような声に、悦(よろこ)びが湧き上がる。

彼が快感を得ているのが、ただ嬉しかった。

「あ……んんっ」

にわかに彼の動きが速まり、己を扱く手も同調する。

背中越しに抱きしめられたまま彼に身体を揺さぶられ、下腹の奥から新たな射精感が迫り上がってきた。

「んん……ぁあ」

充己は自ら腰を揺らめかす。

射精感は扱かれるほどに増していき、いくらも経たずに辛抱できなくなる。

「祥吾さん……僕、また……」

「ああ、俺もだ……」

声を上擦らせた彼が、腰の動きをさらに速めてきた。

「あひっ」

硬く張り詰めた己をグッと握り締められ、充己は早くも二度目の頂点を迎える。

それを見計らったかのように、祥吾が腰を押しつけてきた。

「はっ……ぅ」

彼が極まりの声をもらし、充己の中にすべてを解き放ってくる。

吐精に酔いしれる中、彼の熱い迸りを感じるのはなんとも不思議な気分だ。

灼熱の楔を穿たれている秘口は相変わらず痛む。

でも、それを掻き消してしまうほど、充己は身も心も満たされていた。

「はぁ……」

充己を背中越しに抱きしめたまま、祥吾がそっと繋がりを解く。

窮屈さから解放され、充己は身体の隅々まで脱力していった。

気がつけばかけがえのない存在になっていた祥吾。

そんな彼が、自分と同じ気持ちでいてくれた。

いきなりこんなことになってしまって驚いたけれど、いまは大好きな彼とひとつになれた悦びを感じている。

「充己、君に出会えてよかった……」

甘く囁いた彼が、肩にあごを乗せてきた。

「もう絶対に君を離さない」

独占欲を露わにされ、思わず頬を緩める。

祥吾の手をしっかりと握りしめた充己は、愛する人に愛される幸せを噛みしめながら静かに目を閉じていた。

第十四章

自室の布団で目覚めた充己は、ハッとした顔で起き上がる。

「祥吾さん……」

昨夜、一緒にいた祥吾の姿がない。

祥吾は昨夜のうちに帰って行ったのだろう。

実家で暮らしているだけでなく、蒼吾の父親でもある祥吾が外泊できるわけがない。

一緒に朝を迎えられないのは寂しいけれど、蒼吾を大事にする祥吾が好きなのだ。

「あっ……」

脇に避けられた座卓のそばに、綺麗(きれい)に畳まれた充己の着物が置かれていた。

「祥吾さんらしい……」

くしゃくしゃになった着物を、見て見ぬ振りができなかったのだろう。

和服に対する彼の深い愛がひしひしと伝わってくる。

三人で誂えた揃いの着物は、大好きな祥吾と蒼吾と同じくらい大切な宝物だ。

「わざわざ布団を敷いてくれるなんて……」

世話をかけてしまったことを、申し訳なく思う。

布団に寝かされたことすら覚えていない。

まったく目を覚ます気配がない充己に、さぞかし祥吾は呆れたことだろう。

それだけ、彼の腕に抱かれて眠るのが心地よかったということだ。

こんなにも寝覚めのいい朝は初めてかもしれない。

「そうか、銭湯に行かないと……」

身体が気怠(けだる)いけれど、仕事があるからうだうだしている場合ではなかった。

有り難いことに、〈春日の湯〉は朝風呂に浸かれるのだ。

手早く洗顔をすませて服を着た充己は、新しいタオルを入れた手提げ袋を持ち、階段を下りていく。

「あれ？　鍵(かぎ)が……」

壁にかけている鍵が見当たらない。

ノブを回してみると、施錠されている。

「まさか……」

施錠した祥吾が、鍵を持って行ってしまったのだろうか。

中から鍵は開けられるから、外に出ることはできるが、日が昇っているとはいえ、鍵をかけずにでかけるのは躊躇われる。

「あっ……」

何気なく目を向けた足下に、キーホルダーごと鍵が落ちていた。

「そうか……」

外から施錠した祥吾は、新聞受けから投げ入れてくれたようだ。

古い建物でドア裏には新聞や郵便物を受け止めるためのカゴがついていないから、床に落ちてしまったのだ。

「よかった……」

彼の気遣いが嬉しい。

変なところで気を遣わせてしまったことについては、あとできちんと謝ろう。

玄関を出て施錠した充己は、ひとり〈春日の湯〉に向かった。

朝の商店街は静まりかえっている。

昨日の喧噪が嘘のように感じられた。

「でも、今日もあるし……」

秋祭りの二日目はどんな雰囲気なのだろうか。

日曜日だから、もっと人が集まってくるのだろうか。

ただ、今日は祭りを楽しんでばかりはいられない。

昨日は店を休んだから、今日は二日分を稼がなければならないのだ。

「頑張ろうっと……」

銭湯の入り口で入浴料を払い、男湯に入っていく。

さすがに夜ほど客はいない。

籠を持ってロッカーの前に行き、扉を開けて手提げ袋を放り込む。

疲れた身体に湯が染み渡って、さぞかし気持ちがいいだろう。

そう思うと、早く湯船に浸かりたくなる。

さっさと服を脱いだ充己は、タオルを持って浴場に入り、掛け湯をして湯船に向かう。

「はぁ……気持ちいい……」

どっぷりと肩まで浸かり、壁に背を預けて天井を仰ぎ見る。

全身が湯に包まれて、最高に気持ちがよかった。

「おはよう」

祥吾の声に、充己はハッと我に返る。

彼の全裸を目にして、昨夜のことが脳裏に浮かんだ。

いたたまれないほどの羞恥を覚える。

「来てると思った」

充己の気持ちを知ってか知らずか、祥吾は嬉しそうに笑って湯船に入ってきた。

肩が触れ合うほどの距離で隣に並び、両手を高く上げて大きな伸びをする。

いつもと変わらない彼を見て、羞恥が薄まっていく。

「よく眠れた？」

「はい。あっ、お布団とか鍵のこと、ありがとうございました」

まずは礼を言うのが先だと思い、充己は軽く頭を下げた。

「この時期、裸の君をそのままにして帰れないだろう」

「すみません、お手数かけました」

「可愛い寝顔が見られて俺は楽しかったよ」

祥吾が冗談めかしたのは、気を遣わせないようにするための気配りだろう。

彼の優しさが嬉しい。

「昨日、君とあまり一緒にいられなかったから、蒼吾が寂しがってたぞ」

「そういえば、一緒にいたのってお昼ご飯のときくらいでしたね」

「だから、君と飲んだ話をしたら蒼吾がご機嫌斜めになって、朝から大変だった」

そう言って悪戯っぽい笑みを浮かべた彼が、湯船の中で手を繋いでくる。

誰にも見られていないけれど、かなりドキッとした。

「また三人でお弁当を持ってどこかに行きましょう。そうしたら、蒼吾君のご機嫌もよくなると思いますよ」

「そうだな」

「あっ、遠出が無理だったら、ウチの二階でもいいですよ。とにかく、どこでもいいから三人でお弁当を食べましょう」

嬉々として話す充己の手を、彼がギュッと握りしめてくる。

伝わってくるのは、彼の熱い思い。

自分の思いが伝わるようにと、強く握り返す。

「じゃあ、次の定休日に君の店に蒼吾とお邪魔するかな」

「ホントですか？　祥吾さんと蒼吾君のために腕、振るいますね」

手を握り合ったまま見つめ合う。

大好きな祥吾と二人で過ごすのは楽しい。

でも、蒼吾と三人だともっと楽しい。

祥吾と顔を見合わせて笑う充己は、〈紅葉通り商店街〉で手に入れた最高の幸せを噛みしめていた。

あとがき

みなさまこんにちは、伊郷ルウです。

このたびは、『子煩悩な旦那さんと恋色弁当』をお手に取ってくださり、ありがとうございました。

早いもので、ルチル文庫作品も十一作目となりました。

コンスタントに新作を出して頂けるのは、応援してくださるみなさまのおかげです。

いつもありがとうございます。


さて、本作は都会の住宅街に今も残る小さな商店街が舞台になっています。

派手派手しく賑わっているわけでもなく、かといって寂れたシャッター商店街というわけでもない、地元の住人に愛され、存続してきた商店街です。

そんな商店街に惣菜屋として新規参入した若き店主の成長物語であり、老舗呉服店の主人との恋物語でもあります。

あっ、逆ですね。恋物語であり、成長物語でもあります。

食いしん坊の幼稚園児も登場しますので、読後にコロッケや唐揚げが食べたくなってしまうかも……。

美味しいものがてんこ盛りの、ほんわかほのぼのラブストーリーをお楽しみ頂ければ幸いです。

最後になりましたが、イラストを担当してくださいました六芦かえで先生に、心より御礼申し上げます。

お忙しい中、可愛くて素敵なイラストの数々を、本当にありがとうございました。

二〇二〇年　秋

伊郷ルウ

✦初出　子煩悩な旦那さんと恋色弁当………書き下ろし

伊郷ルウ先生、六芦かえで先生へのお便り、本作品に関するご意見、ご感想などは
〒151-0051 東京都渋谷区千駄ヶ谷 4-9-7
幻冬舎コミックス　ルチル文庫「子煩悩な旦那さんと恋色弁当」係まで。

RB 幻冬舎ルチル文庫

子煩悩な旦那さんと恋色弁当

2020年10月20日　第1刷発行

✦著者	伊郷ルウ　いごう るう
✦発行人	石原正康
✦発行元	株式会社 幻冬舎コミックス 〒151-0051 東京都渋谷区千駄ヶ谷 4-9-7 電話 03(5411)6431 [編集]
✦発売元	株式会社 幻冬舎 〒151-0051 東京都渋谷区千駄ヶ谷 4-9-7 電話 03(5411)6222 [営業] 振替 00120-8-767643
✦印刷・製本所	中央精版印刷株式会社

✦検印廃止

ISBN978-4-344-84752-1　C0193　Printed in Japan